LA COMMODE AUX TIROIRS DE COULEURS

Olivia Ruiz est autrice, compositrice et interprète. D'origine espagnole, elle a grandi à Marseillette. Trois de ses grands-parents ont fui la guerre civile mais n'en ont jamais parlé. De ce silence est né son premier roman, *La Commode aux tiroirs de couleurs*.

OLIVIA RUIZ

La Commode aux tiroirs de couleurs

ROMAN

JC LATTÈS

Contenus pédagogiques à l'intention des enseignants
disponibles sur livredepoche.com

ISBN : 978-2-253-94106-4 – 1re publication LGF

À mes parents, mon frère
et toute ma famille.

À Nino.

Se taire et brûler de l'intérieur est la pire
des punitions qu'on puisse s'infliger.

Federico García Lorca

Le déracinement pour l'être humain
est une frustration qui d'une manière
ou d'une autre modifie la clarté de son âme.

Pablo Neruda

Prologue

On a poussé les meubles et dansé toute la nuit dans un bain de larmes avec Papi, ça nous a fait du bien. Ma fille Nina s'est réveillée et s'y est mise aussi. On avait déjà réussi à lui refiler le virus. Je n'avais pas envie de laisser Papi ce midi. Il n'a plus rien, lui, maintenant que ma grand-mère est partie.

J'arrive à pied en haut de la Butte, haletante, mon sac sous un bras et ma fille endormie dans l'autre. Épuisée par mon chagrin, j'ai soudain la sensation d'être ma grand-mère quatre-vingts ans plus tôt, gravissant les Pyrénées. Grelottante. Perdue. Amputée. Elle de sa terre. Moi de sa présence désormais.

Tant de gens sont venus saluer sa mémoire, ni mon grand-père ni moi ne connaissions la moitié de l'assistance. Elle a dû en emporter des secrets dans sa tombe, la canaille… Nous nous sommes sentis plus fiers encore d'avoir occupé les deux premières places dans son cœur.

J'ai mal aux jambes. Le Sacré-Cœur semble encore avoir pris un ou deux étages, comme les soirs où je rentre trop saoule. Je m'arrête. Plus que six mètres. Plus qu'à s'y mettre, comme disait l'Abuela.

J'ouvre la porte de mon appartement, allume la lumière, et elle est là. La commode. Chez moi. Au milieu du salon. Et de la cuisine d'ailleurs. Elle sera restée magique même après son départ, ma grand-mère. Cette pensée me fait sourire. Et pleurer. Puis réaliser. Que vais-je faire de cette foutue commode ? Trente mètres carrés, c'est confortable pour Nina et moi. Mais trente mètres carrés à partager avec la commode, ça va devenir compliqué.

Quand l'énigmatique objet de notre convoitise est arrivé dans la maison de ma grand-mère, j'avais quatre ans. Cet événement est si frais dans ma tête que j'ai l'impression qu'il date d'il y a moins d'une heure. Avec mes cousins, on s'est enfiévrés mille fois en tentant de fourrer le nez dans cette commode, attirés comme des aimants à bêtises par l'arc-en-ciel de tiroirs, les petites clefs sur chacun d'eux qui suppliaient d'être tournées, le métal doré qui renforçait les angles pour nous les rendre plus inaccessibles encore. Mais à chaque fois notre mamie a poussé un de ces cris suraigus radicalement dissuasifs dont elle seule avait le secret. Et nous, nous avons pris la poudre d'escampette en moins de temps qu'il n'en faut pour cligner des yeux. Ces essais loupés finissaient souvent par de grands conciliabules familiaux durant lesquels notre jeune génération imaginait une mamiethologie invraisemblable.

— Et si le tiroir jaune contenait une photo de moi et de ma sœur siamoise, qui, elle, serait morte le jour de l'opération pour nous séparer ? Ça expliquerait ma cicatrice sur le crâne…

Mon petit cousin Maxime avait sa théorie sur le tiroir bleu :

— Je crois que le secret que l'Abuela cache là-dedans, c'est que je suis le frère de notre cousin Yannick. Ça me travaille. Je lui ressemble beaucoup plus qu'à toi. Comme Maman a eu des complications le jour de ta naissance, elle a dû devenir stérile et on m'a offert à elle pour la consoler.

Mais nos questions sur la commode demeuraient sans réponses. Enfant, je jouais de ma position de favorite pour que l'Abuela me dévoile le précieux trésor. Elle m'appelait si fièrement « mon tournesol ». Mais rien n'y faisait. Ma grand-mère, depuis toujours, c'est elle qui décide, elle qui nous mate. Elle est comme sa cuisine, d'abord elle te tente irrésistiblement, te surprend, puis te violente de son tempérament épicé. Quand le repas est terminé pourtant, c'est une saveur suave qui te reste dans la bouche, rassurante parce qu'elle te donne l'impression d'être aimé passionnément.

J'ai tellement attendu ce moment que je risque de mourir après l'avoir vécu. Enfin, après tant d'années d'impatience domptée, je vais savoir pourquoi elle s'emballait à ce point pour cacher le secret que renfermaient ces dix tiroirs. Ma grand-mère les nommait ses renferme-mémoire.

J'ai couché ma fille. Elle lui ressemble tellement. J'espère que je serai une aussi bonne maman qu'elle le fut pour moi. J'ai mis un vinyle d'Ennio Morricone. Abuela. Personne ne l'a jamais appelée autrement. Avec ses yeux noirs et sa peau tannée, ça lui allait bien l'Abuela. Il Padrino. L'Abuela. Dans ma famille, de toute façon, de mère en fille on appelle sa grand-mère « Abuela ».

Pour aller me faire un thé, je suis passée devant la commode. Les larmes et le sourire se sont brutalement invités sur mon visage, comme deux convives mal assortis. Sentant le moment au bout de ma main, j'ai huit ans et une palette d'émotions allant de l'envie fiévreuse à la conscience déjà nostalgique qu'une grande page va se tourner. Ça pétarade en moi comme le moteur d'une Harley. Je me reprends. C'est vraiment tout ce qu'elle déteste, la sensiblerie. Je ne l'ai jamais vue pleurer, et je savais qu'elle m'aimait forte, indéboulonnable, comme elle. Ce que j'étais. Presque. Ce que j'aurais aimé être.

Dans cette famille, nous parlions beaucoup, à pleine voix, et surtout pour ne rien se dire. La seule fois où elle a réagi à un de mes je t'aime, elle a répondu : « Nous aussi on t'aime bien. » Je n'ai jamais cessé de le lui dire pour autant. J'ai même fini par aimer ça, le dire à sens unique. À chaque seconde son amour pour moi transpirait par tous ses pores. Pas besoin de mots. Ni de gestes tendres. Ou alors elle les offrait au chien, qu'elle caressait en me regardant. Lui, il me les rendait volontiers dans la foulée, ces câlins.

L'énorme commode en chêne massif abrite dix tiroirs. Trois rangées de trois, pas parfaitement alignés, et un petit rose en dessous, seul. Ma fascination pour l'interdit n'a pas diminué avec les années, j'ai l'impression que je vais mettre ma main dans le feu. Je guette le dixième tiroir, le plus petit, celui qui n'a rien à faire là. Le plus mystérieux.

Ma main perd ses moyens, s'agrippe à sa clef. J'ai le vertige de savoir ce que je vais découvrir. Je l'ouvre lentement, savourant chaque seconde avant que le voile ne soit définitivement levé.

Ce tiroir est bien rempli, je le sens du bout de mes doigts moites et tremblants. Du collier de macaronis au cendrier en pâte à sel, mes plus grandes œuvres s'y trouvent. Elle a gardé absolument tout ce que j'ai confectionné pour elle. Un festival d'horreurs conservé tels des trésors. Les souvenirs resurgissent. Je m'éloigne et fais les cent pas. Comme si je n'étais pas encore prête à entamer le grand voyage. Le tiroir rose en dira peut-être assez pour le moment.

J'en sors une photo de mes cousins et moi devant le mobile home que louaient Papi et l'Abuela chaque été au camping de Narbonne-Plage. Nos sourires coquins et la joie de vivre qui émane de nos visages rafraîchissent le papier délavé. Nous étions heureux. Dormir tête-bêche à six dans le lit des grands-parents, avec eux bien sûr, ne nous posait aucun problème. Au contraire, quand l'un de nous était trop grand et devait passer au lit de camp pour laisser sa place à un plus jeune, c'était le drame. L'Abuela et Papi étaient toute notre vie. Toute la mienne surtout. Je me sentais à l'abri auprès d'eux lorsque j'étais enfant. J'espère qu'à mon tour j'ai réussi à leur procurer cette sensation quand les années les ont fragilisés.

L'Abuela a été le ciment de notre famille. Certains diraient que nous couler tous ensemble dans un bloc de béton au café de Marseillette n'était pas un cadeau à nous faire. L'Abuela de toute façon, si elle a décidé que quelque chose est bon pour toi, tu n'as aucune marge de manœuvre. Autant se faire une raison.

Je reluque la commode du coin de l'œil. J'aperçois une enveloppe au fond du tiroir rose, je reconnais l'écriture appliquée de ma grand-mère. Et s'il y en avait d'autres ? Je commence à comprendre…

Il va falloir y aller maintenant : attaquer par le premier tiroir, quitte à ne plus lâcher jusqu'au petit matin. J'ai retourné le vinyle de Morricone. Je me suis assise devant la commode aux tiroirs de couleurs.

À nous deux maintenant, Abuela. Surprends-moi. Encore.

1

La médaille de baptême

Je te confie ma médaille de baptême, *cariño*, elle a été mon seul compagnon « de valeur » du voyage. Depuis toujours, on me disait d'y faire attention comme à la prunelle de mes yeux, alors je me sentais riche de la posséder. J'imaginais qu'en la vendant je pourrais me sortir de toutes les situations.

J'ai été baptisée tard pour l'époque. Mes parents et leur agaçante modernité ! Ils attendaient que je sois capable de choisir mon Dieu. Heureusement que mes grands-parents s'en sont mêlés, car moi je voulais juste être comme les autres, comme les miens, reconnue et protégée par ce Dieu-là, le leur, le même. J'ai vécu ce moment avec un sérieux, que dis-je, une solennité qui a beaucoup ému ma mère et fait beaucoup rire mon père. Je portais une jolie robe de soie blanche. Ma famille possédait quelques champs de mûriers où elle élevait des vers à soie, alors les tisseurs nous arrangeaient pour les grandes occasions. Un jour mon grand-père a ravagé l'un de ses champs en se fabriquant des ailes avec les branches de ses mûriers. Nous avons tous été conviés à l'envol... droit vers le sol ! Il ne fit aucune expérience des cieux, juste celle d'une terrible douleur à la hanche droite qu'il garda toute sa vie. Mais enfin ça, *mi cielo*, c'est une autre histoire.

Regarde, ma médaille est à l'effigie de saint Christophe, le patron des voyageurs. C'est drôle, car l'exil était mon premier pas hors d'Espagne, et la France ma dernière destination, tu parles d'une globe-trotteuse ! La semaine qui a précédé notre départ, ma mère a cousu une minuscule poche à l'intérieur de chacune de nos culottes. « Toi, Rita, tu dormiras avec ta médaille autour du cou ou autour de ton poignet, et tous les matins, tu la rangeras dans la poche de ta culotte du jour. Elle sera toujours avec toi et personne ne pourra te la voler. Tu la porteras à nouveau sans crainte dès que les républicains auront gagné. » Sans crainte de quoi ? Je n'ai pas eu le temps de poser la question. Maman savait bien que je n'avais jamais eu peur de rien. Je tenais ça de mes parents d'ailleurs. Et monter dans un train pour la France, ce n'était pas plus insensé que se faufiler dans les bois à la nuit tombée pour que les adultes organisent la résistance. Pendant ce temps, au lieu de jouer aux cow-boys et aux Indiens, nous, les enfants, on jouait aux franquistes et aux républicains. Tous voulaient être communiste, anarchiste ou socialiste, parce qu'ils gagnaient toujours à la fin. Oui, les républicains, c'étaient ceux-là, tous les courants de la gauche réunis contre Franco, dans une entente toute relative vers un même dessein.

Mes parents s'aimaient autant qu'ils aimaient leur parti et leur patrie. Ils en revendiquaient la langue, l'art de vivre, les coutumes, mais aussi la combativité, la radicalité frôlant la folie, et le courage. Personne n'aurait pu les en déposséder. Ma mère répétait à l'envi qu'on est maître de son destin. Elle cuisinait ce leitmotiv à toutes les sauces. Cette phrase pouvait clore une discussion agitée, laissant l'auditoire pantois, comme réveiller l'ambiance d'une tablée en manque de sujet de conversation. Il faut dire qu'elle y mettait toujours le ton à son fameux : « On est maître de son destin », et grâce à ça on se sentait invincibles mes sœurs et moi.

Depuis plusieurs semaines, l'invulnérabilité du clan semblait ébranlée. Papa et Maman ne faisaient plus un pas dehors sans se retourner. Nous avons déménagé chez Angelita et Jaime, de vieux amis, à Barcelone. Mes parents ne travaillaient plus, ne sortaient presque plus, mais passaient tout leur temps à écrire et à organiser des réunions. Plusieurs fois par jour, des gosses des rues déposaient des documents et en récupéraient d'autres contre une pièce ou deux. Mes sœurs et moi, nous n'étions plus scolarisées. Certains enfants avaient été enlevés et envoyés dans le quartier de la honte à Alicante, dans des camps d'endoctrinement où on broyait leur cerveau pour en reconstruire un qui serait voué à servir le « guide ». Plutôt mourir !

Un soir, tandis que nous rentrions du défilé del Día de los Reyes les poches bourrées de bonbons, Papa a allumé la radio après avoir poussé la porte de la maison, comme à son habitude. La voix dans le poste a parlé d'un projet, d'un massacre, de sang, de Barcelone, et Papa a dit qu'il était temps de nous mettre à l'abri. Selon lui, nous avions moins de trois semaines pour agir. Il ne fallait pas nous inquiéter, nous rentrerions dès que Papa et Maman auraient fait tomber le régime de Franco. Nous partions pour la France, nous ne serions pas loin, et là-bas il n'y avait ni bombardement ni dictateur, nous serions bien. Angelita et Jaime seraient avec nous tout le voyage, et nous amèneraient jusque chez le *tío* Pepe qui vivait depuis vingt ans dans la ville de Narbonne, près de la mer. Nous n'avions jamais entendu parler du *tío* Pepe ni de Narbonne. Jamais entendu parler de la France ni entendu parler français. Jamais quitté notre pays. Et tous ces jamais ne m'effrayaient pas tant mes parents, même dans l'urgence, avaient pris soin d'embellir le scénario qui nous attendait. Mieux vaut croire au Père Noël et souffrir d'apprendre son inexistence que de ne pas goûter au plaisir de la rêverie infinie qu'il engendre, non ? Là, c'était un peu la même chose. Un mensonge aimant, protecteur, pour que nous puissions tenir au moins jusqu'à l'arrivée à Narbonne.

Les mines défaites de mes parents auraient dû nous mettre la puce à l'oreille sur le quai de la gare. Leurs têtes étaient mises à prix dans tout le pays et au-delà. Condamnés, ils avaient décidé de mettre fin à leurs jours ensemble. Dieu seul sait si d'autres ont connu un tel amour.

Avec mes sœurs, on s'est débrouillées comme on a pu. Ta grand-tante Leonor étant la plus âgée, c'est elle qui a décadenassé la valise et trouvé la lettre de Papa et Maman en arrivant à Narbonne. À sa lecture ont jailli au visage de Leonor des torrents de souvenirs qui prenaient tout leur sens. Je n'oublierai jamais son regard. J'ai pu y lire tour à tour la rage de ma mère et l'impénétrabilité de mon père. Elle a gardé le secret jusqu'à ce que Carmen soit en âge de comprendre. Enfin, jusqu'à ce qu'elle juge que Carmen et moi soyons en âge de comprendre. C'est maintenant, en te le racontant, que je mesure à quel point ma sœur a été solide. Elle était si dure avec nous, et moi si enfermée dans ma fureur adolescente, que je lui en ai voulu souvent, et c'était injuste. Leonor avait six ans de plus que moi, Carmen quatre de moins. Moi, j'avais dix ans. Oui, c'est ça, nous avions six, dix et seize ans le jour où nous avons embrassé nos parents pour la dernière fois.

Le train n'est pas allé jusqu'à Narbonne. Nous avons été débarquées à Gérone et nous avons dû finir à pied. Il fallait laisser nos sièges aux milices qui partaient en rafle dans les villages frontaliers. Les républicains actifs qui essayaient de quitter le territoire étaient traqués, monnayés, puis faits prisonniers. Et quand il fallait faire de la place dans les geôles…

Je ne comprenais pas tout ça à l'époque. Dès que Leonor percevait l'inquiétude de Carmen et la mienne, elle nous rappelait que tout cela était provisoire et que les méchants franquistes seraient bientôt repoussés par les gentils républicains. Et comme ce sont toujours les gentils qui gagnent à la fin… Hop, équation résolue, « *tranquilo nenas*, bonne nuit. — Bon, ben si c'est bientôt fini, alors… Bonne nuit. » C'est si facile de partir quand on ignore que c'est peut-être pour toujours.

Quelle sensation de liberté au départ ! Quelle euphorie pour Carmen et moi ! Le soleil donnait des allures estivales à ce mois de février. Nous partions à la découverte d'un nouveau monde, et des centaines d'enfants de notre âge couraient à travers les Pyrénées avec nous. Pour Leonor, c'était différent, bien sûr. Elle était concentrée, elle savait ce qui nous attendait, ou le présageait. Les autres aussi. Le contraste entre les explications de mes parents et les visages fardés d'inquiétude qui composaient le cortège commençait d'ailleurs à me poser question.

À mi-chemin, l'excitation était largement redescendue pour Carmen et moi. Le froid se faisait plus présent, la fatigue pesante, et certains souliers n'avaient plus de semelles. Le râle de la procession, bourdonnement composé de pleurs de bébés et de plaintes contenues, retentissait en échos sur tous les versants de la montagne.

Au Boulou, on sépara les hommes des femmes et enfants. Le départ de Jaime fut terrible. Angelita portait leur enfant et hurlait sa détresse. Nous la serrions de toutes nos forces pour essayer de la calmer, en vain. Carmen pleurait aussi, sans trop savoir pourquoi. Autour de nous, les familles étaient déchirées, se disloquaient en larmes, oubliant la morsure du vent tant celle des cœurs était violente.

Nous avons tous eu droit à une tournée de piqûres à la frontière. Personne n'a demandé de quoi il s'agissait, trop anesthésiés désormais par le froid et la faim. Nous n'avons jamais su. Mes sœurs et moi étions loin d'être les plus mal loties, Maman avait pris soin de mettre de grosses laines dans notre valise, et une paire de chaussures neuves pour chacune d'entre nous. Mais l'appréhension à l'approche de l'inconnu grandissait en nous, surtout maintenant que le seul homme du groupe n'était plus là. Puisque nous rentrerions tous bientôt, pourquoi tant de peur et de tristesse s'emparaient de notre troupe ? Je devrais parler de troupeau tant les autorités, françaises comme espagnoles, nous traitaient comme du bétail.

À deux reprises sur les cent cinquante kilomètres parcourus, des convois de la Croix-Rouge nous ont apporté de l'eau et quelques vivres. Au Boulou, une mamie donna une petite boîte de *mantecados* et de *dedos de bruja* à Carmen. Ils ressemblaient étrangement à ceux de l'Abuela, la mienne, partie quelques mois plus tôt d'un cancer de l'estomac. Chaque fois qu'on demandait à ma mère de quoi l'Abuela s'était éteinte, elle répondait avec une colère contenue : « Ma mère n'a pas digéré que son peuple laisse une ordure prendre possession de sa terre. » C'est tout.

Cette parade en effrayait plus d'un, car personne ne soupçonnait que l'on puisse mourir de ça. C'étaient ses convictions qui l'avaient tuée, notre vieille, pas quelque chose qui gagne encore et encore du terrain puis gagne tout court malgré le combat, comme ce *malparido* de Caudillo.

L'éclat de la boîte de biscuits se reflétait dans les yeux réjouis de ma petite sœur. C'était doux à voir au milieu de ce désastre. J'échangeai avec Leonor un sourire complice. Le premier et le dernier du périple. Elle ne voulait pas que je perçoive sa peur, je ne voulais pas me soumettre à son autorité. Après tout, elle n'était pas ma mère. Carmen refusa dans un premier temps de partager. C'était son cadeau. Et faim ou pas faim, il ne fallait pas y compter. Elle-même ne goûta pas tout de suite son trésor, malgré son petit ventre qui criait famine. Nous étions parties depuis deux jours, alors les *bocadillos* de Maman étaient loin, et les biscuits de la Croix-Rouge aussi.

Mais en cent cinquante kilomètres nous avions grandi de plusieurs années, et Carmen vint d'elle-même distribuer équitablement son butin. Leonor et moi avons insisté pour qu'elle en garde un peu plus pour elle, prétextant qu'elle était en pleine croissance, comme le disait Maman, et que de toute façon nous n'avions pas faim. Elle s'y opposa. Deux mois plus tôt, j'aurais écrabouillé sans vergogne la main de ma petite sœur pour les lui piquer, et elle aurait fait preuve d'une incroyable inventivité pour les mettre à l'abri de ma gourmandise. Mais là, évidemment…

Nous étions une centaine dans notre équipée, pourtant, devant nous, une marée humaine avançait, telles des milliers de fourmis, courageuses et vulnérables, handicapées par le froid glacial et le poids des bagages, mais d'une volonté sans pareille.

Nous sommes arrivées de nuit au camp d'Argelès. Un froid de connard, cette nuit-là ! Ah non pardon, de canard… Je ne voyais pas trop ce qui pouvait valoir la dénomination de camp à cet immense enclos sur la plage, délimité par des barbelés. Je crois que j'imaginais un camping géant depuis qu'à Cerbère le nom de camp avait été prononcé. Mais cette vaste étendue de sable ressemblait plutôt à un mouroir : une cinquantaine de cahutes éparses, aussi brinquebalantes que la maison de paille du fainéant petit cochon, puis quelques braseros et des fantômes agglutinés autour. Presque rien. Juste des corps laminés par le vent et les crampes d'estomac, des âmes lamentées par les souvenirs et le renoncement.

Quatre infirmières nous ont rejoints avec des tas de baluchons en toile de jute sur les bras. Elles étaient douces et enveloppantes, disponibles malgré l'afflux massif. Que c'était chaud, cette bonté gratuite, après tout un chemin à être traités comme des vaincus ! Peut-être que la vocation de Leonor s'est forgée à ce moment-là. Chaque famille a reçu deux couvertures, un pain et un petit jerrican d'eau quasiment gelée. Elles nous ont installées dans un baraquement où gisaient déjà une bonne trentaine d'occupants à bout de forces, comme nous. Elles étaient gentilles, ces Françaises. Nous le sentions, même sans comprendre un mot de ce qu'elles nous disaient. Nous avons fait notre « nid » près d'une femme enceinte encore plus grosse qu'Angelita. Elles se sont allongées l'une contre l'autre, et moi contre Angelita pour caresser son ventre et rassurer le petit. On aurait dit deux œufs de dinosaures pondus sur un nid de chiffons. Leonor a coupé le pain en quatre et personne n'a pensé à faire des réserves au cas où. Carmen s'est endormie en mangeant le sien. Un toit, même prêt à s'envoler, même avec les odeurs de cette masse salie par son voyage, ça l'avait rassurée, la petite.

J'ai rêvé toute la nuit de la *fideuá* de Maman. Je pouvais sentir *el socarrat* sous ma dent. Tu sais, c'est la partie grillée du riz pour la paella et des pâtes pour la *fideuá*, qui colle au fond du poêlon. C'est le meilleur. Croustillant et gorgé de sucs. Je l'avais tant réprimée à l'état d'éveil que la faim s'était invitée dans mon sommeil. Le réveil n'en fut que plus dur.

Mes yeux s'ouvrirent dès les premiers rayons du soleil. Chez nous, on le gardait bien enfermé dehors, le soleil, brute étouffante que nous fuyions pour hiberner aux heures où sa violence devenait l'ennemi de nos peaux. Pour une fois qu'il pouvait être protecteur au lieu d'être celui dont on se protège, pour une fois qu'il pouvait défier ce froid qui nous rapetissait pour lui imposer sa toute brûlante puissance… *¡ Coño !* Quel lâcheur !

Je remarquai soudain la petitesse de Carmen. Soixante-douze heures avaient suffi à donner une allure maladive à sa silhouette déjà frêle. Ma petite sœur avait à peine six ans, et un hamac obscur se dessinait sous chacun de ses yeux. Elle avait des cernes ! C'était inacceptable. Je continuai à parcourir la pièce du regard, découvrant des visages émaciés maladroitement posés sur des corps décharnés. Depuis quand étaient-ils là ? Combien de chemin parcouru pour arriver ici ? Et pour quoi ? Était-ce vraiment être à l'abri que de se retrouver loin des siens et de sa terre sur un tapis de sable gelé ?

Je sentais ma colère monter. Mon courroux enflait contre mes parents, contre Leonor, contre je ne savais quoi, mais une boule de haine grossissait à vue d'œil dans mon ventre. Je crois que c'est à ce moment-là que j'ai compris que non, ce n'était pas rien, non, ce n'était pas temporaire. Non. J'ai compris que toute ma vie serait écrite à l'encre rouge de ces quelques jours.

La Croix-Rouge a appelé le *tío* Pepe. Pour sortir du camp, il fallait qu'un résident français confirme qu'il pouvait accueillir le ou les réfugiés concernés. Il s'y est engagé et nous avons pris un train pour Narbonne. Je regrette aujourd'hui. J'aurais dû rester. Quand nous avons quitté le camp, j'ai eu la sensation d'abandonner tous ceux qui en étaient prisonniers. Si j'étais restée, j'aurais pu aider, participer, soigner. J'avais choisi de suivre les directives de Papa et Maman, de sauver ma peau, de me soumettre. La honte m'a habitée tout le voyage, venant chasser la joie qui se glissait dans mon cœur à l'idée de retrouver un vrai toit. Cette désagréable sensation, cette culpabilité, me visite encore en rêve parfois, et me hante toute la journée suivante.

Angelita resta dans le camp d'Argelès. Elle espérait y retrouver Jaime avant de partir, car des charrettes venaient le lendemain récupérer les futures mamans et les amener à Elne pour enfanter. Nous ne voulions pas la quitter. Qui allait prendre soin d'elle ? Une infirmière franco-espagnole nous expliqua qu'à Elne Angelita serait mieux que nulle part ailleurs. Une dame, une Suisse, était en train d'y mettre en place un lieu où les femmes et les enfants seraient protégés. Une maternité, oui, mais bien plus encore. Un havre de paix. Elle racontait bien, cette infirmière.

Ou alors c'est juste que, pour une fois, on nous disait la vérité, et nous le ressentions. Elle nous apaisa avec son histoire, et les au revoir en furent moins pénibles. Leonor confia le numéro du *tío* Pepe à Angelita. Parce que, comme disait ma mère, on ne sait jamais. Qu'est-ce qu'elle avait raison, ma mère…

2

La clef

À l'arrêt du train à Narbonne, mes sœurs et moi n'étions pas seules. Un bon quart des voyageurs descendait là. C'était réconfortant. Mais la plupart des gens s'écartaient sur notre passage. On nous regardait comme des bêtes curieuses, ou bien des opportunistes, je n'en sais rien. Je comprends. Un peu. Ce doit être effrayant d'apprendre que quatre cent mille bouches à nourrir débarquent sur ton sol.

Je ne retins que la sonorité de deux phrases que je ne compris pas sur le coup mais dont la récurrence dans la bouche des Français me marqua les premiers temps. Tantôt hurlées, tantôt à demi-voix : « Espagnols de merde. Ils sont sales, ils puent. » Autant te dire que nous avons vite su traduire ces mots, et vite compris que la vie de patachon au bord de la mer que nous avaient vendue nos parents, ce ne serait pas pour tout de suite.

Mais enfin, il restait le *tío* Pepe. Pourvu qu'il soit comme ses deux frères, me disais-je, on pourrait bien rigoler. Sauf que le *tío* Pepe était français désormais, plus ou moins notable, et qu'il comptait bien se passer de la mauvaise publicité d'être vu avec nous, ou pire encore, de nous héberger. Il nous conduisit dans ce que l'on appelle le quartier gitan à Narbonne, tu sais, en face du marché aux fripes. Il siffla en bas d'un immeuble délabré, le plus haut du voisinage, et une madone quadragénaire apparut à la fenêtre du cinquième étage. Il n'eut pas à prononcer un mot. La femme cria :

— *¡ A ver si me queda algo !* (Je vais voir s'il me reste quelque chose.)

Elle réapparut quelques minutes plus tard.

— *¡ Sube !* (Monte.)

Quand je décollai le nez du ciel, enfin de la fenêtre, le *tío* Pepe s'était envolé, ne laissant derrière lui qu'une petite clef qui luisait sur le sol. Je la ramassai discrètement avant de suivre mes sœurs dans l'immeuble. Je ne sus jamais ce qu'elle ouvrait. Ou plutôt si. Elle ouvrait le début de ce qu'allait devenir ma vie, et mettait sous scellés ce qu'elle avait été jusqu'à ce jour. Elle trouva naturellement une place autour de la chaîne de ma médaille de baptême, la cognant ou la caressant en fonction de l'empressement de mon pas. Comme la vie le faisait avec moi, me rappelant que mon impatience était mon ennemie.

Ay, Dios, à chaque entre-étage, j'avais l'impression que nous allions traverser le plancher et nous retrouver sur le perron. Je serrais ma médaille pour me donner du courage. Ça grouillait là-dedans. Le pas de ceux que nous croisions était toutefois assuré, comme si rien ne pouvait leur arriver. On ne chômait pas dans l'immeuble. « *¡ Hola amores !* » balança une voix. Échanges de regards interrogatifs. Garçon ? Fille ? Un peu les deux, sûrement. Les seins, le maquillage et la coiffure étaient bien ceux d'une femme, mais ces mains et ces pieds énormes racontaient autre chose. « *¡ Hola !* Vous avez pu prendre des jouets en partant, vous ? » Une adorable tête blonde emboîta notre pas avec un objectif bien clair pour son jeune âge. Tu parles, des jouets ! pensais-je. On n'est pas arrivées confortablement installées dans une belle auto avec de belles malles en cuir pour y mettre nos belles vies ! Je pestais intérieurement contre cette pitchoune quand je notai tout à coup les nombreuses cicatrices sur son visage, dans son cou, sur ses bras. J'appris plus tard que cette petite chose, Louisa, n'avait que six ans quand elle s'était enfuie du camp d'endoctrinement d'Alicante. Après avoir été rattrapée et mutilée, elle avait réussi à s'échapper encore. Personne ne sut jamais comment elle avait atterri à moitié nue et à moitié morte devant cet immeuble.

Au quatrième, l'ambiance semblait moins studieuse. À gauche, porte grande ouverte, six papis tapaient le carton en se criant dessus, passionnés par la partie en cours. À droite, porte grande ouverte aussi, une femme quittait un homme. Enfin le mettait dehors, plutôt. Il me fallut peu de temps pour noter que Josefa et Miguel se séparaient au moins une fois par semaine, mais qu'ils retrouvaient toujours leur amour encore plus grand au bout de douze heures. Un équilibre comme un autre.

Au cinquième, la jolie Madrina nous attendait en tricotant et en mâchant du chewing-gum, nonchalamment avachie contre le mur. Elle était vraiment jolie. Pas simplement jolie. Puissante. Comme ma mère. Elle nous amena dans une chambre équipée d'un lavabo, d'un grand lit et d'un petit lit, d'un bureau et de deux chaises. Certes, c'était délabré et il fallait pomper comme un Chinois avec son pied pour obtenir un filet d'eau, mais la pièce faisait bien quinze mètres carrés, c'était confortable. Et grâce à cela, nous avions les plus beaux mollets du quartier, mes sœurs et moi.

— Est-ce que vous savez coudre ?

Nous sommes restées aussi muettes et bien rangées que trois sardines dont on ouvre la boîte. Bien sûr que nous savions coudre ! Même Carmen avait déjà appris. Quelle mère n'enseigne pas à ses filles les quelques bases qui permettent de trouver un mari ? *Cocina, costura, limpieza.* Cuisine, couture, ménage. C'est un peu comme le trousseau, ça fait partie du minimum à fournir au futur époux avec la promise.

Et ma mère avait fait de nous de bons petits soldats prêts à combattre, mais aussi à s'adapter à toutes les situations.

Madrina maniait l'économie de mots avec panache. Nos travaux manuels paieraient le loyer et le couvert. Carmen et moi pouvions ne travailler que le week-end et intégrer l'école catholique du quartier, qui tolérait les immigrés espagnols, à condition que Leonor, elle, soit à plein temps. Pour les repas, c'était Madrina la cantinière. À midi et dix-neuf heures, service pour les habitants du premier étage. À midi quinze et dix-neuf heures quinze, service pour les habitants du deuxième étage. Et ainsi de suite. Nous, nous déjeunerions au sixième étage tous les jours à treize heures et y dînerions tous les soirs à vingt heures. Retard non accepté. Au moins, nous n'avions pas que quinze minutes chronomètre en main pour tout avaler et laver notre vaisselle, contrairement à nos voisins du dessous. Quand Madrina ne venait pas nous couper pour ranger, on traînait à table à discuter des nouvelles du jour en rêvassant, ou en faisant de la petite philosophie, histoire d'éviter de parler de l'essentiel. C'était notre sas de décompression, cette cantine. Personne ne nous y dérangeait, alors qu'il était impossible d'être tranquille dans notre chambre avant vingt-deux heures. Ça frappait pour un oui ou pour un non. C'était un lieu d'autogestion, ce qui nécessitait une entraide permanente. Rassurante au début. Pesante à la fin.

L'immeuble, c'était déjà quelque chose, mais alors l'école, *mi amor*... Comment t'expliquer ce que ça fait d'arriver dans une école dont tu ne parles pas la langue ? C'est comme être saoul, ou plutôt comme être sourd-muet. Enfin j'imagine. La langue n'a pas été longtemps une barrière, je crois, même si en dehors de la classe nous parlions exclusivement espagnol. La plupart des enfants français avaient reçu comme ordre de leurs parents de ne pas nous approcher – les odeurs, les poux, la crasse, tout le toutim. Pourtant, je t'assure que nous avions une hygiène irréprochable et que nous n'avons jamais eu de poux. Les cheveux noirs comme de l'ébène et épais comme de la corde, les poux n'ont jamais aimé ça, c'est connu, ils ne s'y retrouvent pas.

Nous aimions nous coiffer en file indienne avec mes sœurs. Leonor me peignait pendant que je peignais Carmen. Un jour, j'ai confié à Madrina que c'était dans ces moments-là que je réussissais à retrouver ma mère, dans cette sensation à la fois douce et brutale que provoquait le peigne, glissant ou luttant contre les nœuds. Le lendemain, Madrina s'est très naturellement invitée à notre préparation matinale. Elle s'est raccordée à Leonor comme le wagon manquant pour lui coiffer les cheveux. Les Dalton.

Elle savait, Madrina. Elle savait tout. Elle savait que Leonor avait besoin elle aussi de retrouver cette sensation. Pour se nourrir du souvenir que l'on ranime avec un geste, une position, un contact.

J'adorais parler le français, je me sentais toute neuve en le pratiquant ; mais les occasions manquaient. Parfois, j'allais faire les commissions aux halles. C'était un peu plus cher qu'au marché, mais ces moments où je commandais une grenadine avec un parfait accent français et où l'on me répondait sans remarquer ma différence étaient un bol d'air. Alors je poussais le bouchon jusqu'à engager la conversation, pour voir combien de temps mon petit jeu pouvait durer. Je me sentais tellement libre. J'étais leur égale. Je n'éveillais plus ni préjugés, ni réflexe de rejet. Le ciel s'ouvrait, pour me donner la chance d'inventer un avenir ambitieux. Mais je pouvais suer sang et eau, je restais une paria d'Espagnole qui avait débarqué chez eux avec ses quatre cent mille cousins. Il ne pourrait rien m'arriver de grand. Je survivrais, au mieux. Moi, je voulais un peuple. Un peuple face auquel je n'aurais pas honte et qui n'aurait pas honte de moi.

Il y avait bien André, un garçon français de mon âge qui ne savait pas quoi inventer pour me donner le sourire. Il habitait en face de l'immeuble. Il cousait comme un dieu, ce qui n'était pas courant pour un homme à l'époque, du coup il passait son temps à traîner chez nous pour regarder les femmes à l'œuvre et les aider. Il me glissait des journaux français sous la porte, parfois un roudoudou qu'il avait pris soin de vêtir d'un ruban. En même temps, les rubans, ce n'est pas ce qui manquait dans l'immeuble. Il accourait dès qu'il m'entendait appeler à la fenêtre, et me parlait exclusivement en français, quitte à se faire envoyer paître par sa mère qui ne comprenait pas cet excès de zèle alors qu'il parlait espagnol. J'aimais discuter en français de l'Espagne avec lui. Ma place dans le monde prenait une autre tournure. Je n'étais plus de nulle part. J'étais d'ici et de là-bas. Et cela n'avait rien d'une tare, rien d'anormal pour André.

J'aimais faire le clown pour le dérider, car c'était un garçon plutôt sérieux. S'abandonner lui donnait beaucoup de charme. C'était rare. Si j'avais déjà un terrifiant besoin de contrôle, les fortifications d'André l'emmuraient lui aussi. Il observait plus qu'il ne parlait, ne s'étendait ni ne s'épanchait jamais. Il semblait moins maître de lui sous mon regard. Pas moi. Je l'aimais bien, mais je trouvais mes rêves beaucoup trop grands pour lui. Cela annihilait toute ambiguïté dans nos rapports, malgré le rosissement de ses joues dès que nous nous effleurions.

Madrina respectait le jeune homme pour son sens du travail. Et Dieu sait qu'il en fallait avant d'être adoubé par la taulière. Alors, avec une lourdeur qui nous mettait très mal à l'aise, elle plaisantait sur ce qu'il devrait lui payer s'il voulait s'envoler avec moi dans quelques années. Oui, elle monnayait tout, Madrina. Même ce qui ne lui appartenait pas. Souvent, j'écoutais ses conversations depuis la fenêtre de notre chambre. Elle recevait toutes sortes de gens, des ouvriers, des mamies, des adolescents, des prostituées, et elle finissait toujours par essayer d'en obtenir quelque chose. Elle n'en était pas arrivée là par hasard, elle avait la dent longue, Madrina. En revanche, si on la touchait au cœur…

Nous avons mis de longs mois à prouver quelles vaillantes petites mains nous étions avant d'obtenir les premiers signes de son amour et de sa confiance. La main de fer a mis longtemps à se vêtir de son gant de velours. Cette femme était si décousue. Elle était militaire, bourrue et violente, rapide, implacable. Pourtant, chacun de ses gestes racontait le respect, la bienveillance et la fraternité qu'elle avait à offrir. Elle était franche mais totalement mystérieuse, et dirigeait sa micro-société avec brio. Elle avait quatre chats, une perruche, enfin un oiseau coloré qui parlait, et un beauceron. Cette animalerie meublait les vastes vingt-cinq mètres carrés que la veinarde possédait pour elle toute seule. Elle n'autorisait aucun de ses locataires à manquer un repas. C'était une règle incontournable. Je me demandais pourquoi. Sauter un repas n'avait jamais empêché quelqu'un de coudre tout un après-midi.

Madrina prônant les vertus de la courte sieste, le travail ne reprenait qu'à quatorze heures trente.

Elle s'inquiétait de notre bon sommeil et aussi du manque de sorties de Leonor, toute à son rôle de maman de substitution. Elle s'en est tant inquiétée qu'elle a tout fait pour que Leonor rencontre le fils Garré, du deuxième. Il était gentil avec Carmen et moi depuis notre arrivée. Il nous avait dessiné à la craie une marelle avec des chiffres en forme d'animaux devant l'immeuble. Il nous donnait des pommes et nous avait montré comment se faire un déguisement avec le filet. Mais Leonor étant toujours fourrée là-haut à repriser, il a fallu un stratagème de Madrina pour provoquer la rencontre :

— Roberto, j'ai les jambes lourdes comme deux poteaux électriques aujourd'hui. Monte-moi ça au cinquième droite, s'il te plaît, et ne redescends qu'avec la liste de ce dont la fille, Leonor, a besoin au marché des coupons. Qu'elle te fasse du café pour patienter pendant qu'elle te la rédige ! *¡ Anda !*

Ils sont redescendus quinze timides minutes plus tard, le teint rose bonbon, les yeux comme humides, avec ce délicieux et pathétique sourire qu'on reconnaît chez ceux que l'amour réveille subrepticement. Ils parlaient pendant des heures devant notre chambre, et leur pudeur me faisait perdre patience. Collée à la porte, je vibrais au rythme de leurs mots comme on frémit devant une *telenovela*. Leur premier baiser a été désespérément long à arriver. En revanche, ensuite, ils se sont sacrément rattrapés. Mon irréprochable grande sœur rentrait à pas feutrés au petit matin, et Carmen et moi faisions semblant de ne pas l'entendre. Nous nous sentions moins coupables de la voir se laisser aller à des préoccupations de son âge.

Ma chérie, le fils Garré, tu le connais. C'est ton *tío* Roberto. Oui, oui, il fut son premier et son dernier. Sans écart. Tu sais ce que c'est, une âme sœur ? Même dans un film, on n'y croirait pas au coup de la fille qui rencontre l'homme avec qui elle va partager soixante ans de passion amoureuse et d'idéologies, juste trois planchers sous ses pieds ! Ils se sont aimés pour nos trois ans dans l'immeuble, et mariés deux ans plus tard. Ils ont déménagé après les noces et ont emmené Carmen avec eux. Moi, j'étais trop compliquée. Trop en colère. Ingérable. Je voulais savoir. Tout savoir. Et à ma grande incompréhension, en tête de nos lois trônait celle du silence. À quinze ans, j'étais trop jeune pour comprendre. Mais, en grandissant, j'ai fait les mêmes erreurs. J'ai caché, j'ai menti pour protéger, ou plutôt j'ai caché en pensant protéger. J'en suis revenue. À l'époque, j'interprétais le flou des réponses à mes questions comme un manque de considération. Même Madrina avait l'air d'en savoir plus que moi sur ma propre histoire… Cela dit, vu la façon dont elle se mêlait de tout, ce n'était pas difficile. Elle était peut-être un peu clairvoyante aussi. Ou alors c'est moi qui étais moins finaude que je ne le croyais. Si j'étais émoustillée par un jeune homme, elle ne transigeait pas :

— Pas lui. Tu es trop jeune et puis il trempe sa nouille partout, n'y pense même pas.

Quand je sortais faire la Française hors du quartier, si je la croisais, elle me ramenait illico.

— Même pas en rêve, *cariño.*

C'était fascinant. Et agaçant.

Le jour où j'ai eu mes premières règles, j'étais à l'école. J'avais onze ans et demi. Je me suis enfuie pour rentrer à la maison, courant avec peine. La douleur était décuplée par la peur, car j'ignorais ce qui se passait. J'avais bricolé quelque chose avec du papier toilette, ce qui m'avait évité l'humiliation, mais quand j'ai croisé Madrina sur le perron de l'immeuble, je devais être livide. Cette sorcière n'a pas pipé mot, m'a emmenée chez elle par le bras et m'a assise d'un même geste.

— Les femmes vivent cette tannée une fois par mois, ça n'est pas une maladie, il n'y a rien de grave, ça veut juste dire qu'à partir de maintenant tu dois faire attention à ce que tu fais avec ta fleur, sinon tu peux tomber enceinte.

Elle a ouvert un tiroir, en a tiré des bouts de tissu blanc. Elle en a pris un, m'a tendu les autres. En baissant sa culotte, elle a ajouté :

— Voilà, tu mets ça comme ça et dès que l'un est sale, tu le laves. C'est un peu technique. Ton stock n'est pas infini.

Elle m'a rendu le lange dont elle venait de se servir, puis s'est rhabillée tout en finissant son explication. Sans détour.

— Allez, monte chez toi maintenant, va t'entraîner.

J'aurais voulu que la pudeur et la désunion entre ma sœur et moi ne l'empêchent pas de me préparer à ce choc, plutôt que me retrouver face à Madrina le minou à l'air pour un exposé de douze secondes. Leonor, elle, avait sa délicatesse. J'aurais voulu qu'elle et Roberto m'emmènent avec eux, même si notre relation s'était détériorée au plus haut point. J'aurais voulu dompter ma fougue. J'aurais voulu être moins fière et oser lui dire que je voulais rester près d'elle. J'aurais voulu qu'elle m'accepte comme j'étais. Cela ne me faisait pas rêver, moi, tout ce qu'elle trouvait rassurant. Un travail. Un mari. Le sens des responsabilités. Est-ce qu'un cheval sauvage s'inquiète d'avoir les sabots entretenus ? Leonor n'avait que faire de l'instant, de nos ressentis ou de nos personnalités, à Carmen et à moi. Que nous rentrions dans le rang, voilà ce à quoi se limitait la mission dont elle se sentait investie. Selon elle, que nous soyons travailleuses, propres, bien élevées et à l'heure était beaucoup plus important que de faire de nous des enfants heureuses et épanouies.

Quelques semaines après le départ de Leonor, j'ai perdu pied. Je vendais des cigarettes de contrebande, je volais du maquillage dans les magasins et des vêtements sur le marché, je ne participais plus aux corvées des parties communes de l'immeuble, je ne rendais pas mes ouvrages à l'heure. Madrina me fliquait jour et nuit pour me faire filer droit. Je crois que j'essayais de voir si elle m'abandonnerait à son tour. Comme toute gosse de quinze ans, j'avais besoin d'un cadre. Le mien s'était fissuré de trop de non-dits. Leonor voulait me responsabiliser. Raté.

Dès que mes sœurs ont quitté le navire, j'ai arrêté l'école pour coudre à plein temps. Madrina avait proposé de me laisser étudier jusqu'à mes dix-huit ans si je travaillais le soir en plus des week-ends. J'ai accepté cette offre bienveillante au début, sans y faire longtemps honneur. Je commençais à étouffer dans cette vie routinière et monotone. L'idée d'un ailleurs titillait mon esprit. Mon imagination vagabondait au gré des premières publicités collées dans les rues. La fin de la guerre contre les Allemands approchait et l'on pouvait sentir un parfum de liberté refleurir. Il suffisait qu'un roman tombe entre mes mains pour que je rêve de partir à nouveau. Partir, oui, mais où ? Il fallait que je commence par économiser davantage et que j'élabore méticuleusement mon plan avant de le mettre à exécution. C'est pour ça que j'ai décidé d'arrêter l'école et de travailler à plein temps. Je n'en pouvais plus de ces Espagnols selon lesquels il fallait ab-so-lu-ment s'intégrer. Ça veut dire quoi, s'intégrer ? On est qui, nous, pour avoir besoin de s'intégrer à eux ? On n'est pas de chair, de sang et d'os comme eux ? Même notre Dieu est le même, nous n'avons presque rien à nous dire tant nous sommes similaires ! Je parlais et écrivais leur langue mieux qu'eux, et il fallait que je me rapetisse pour que l'on me voie et m'entende le moins possible ? Certainement pas. Puisque la France ne voulait pas de nous, et que de toute façon je n'avais plus de « Nous », je me suis juré que dès que j'aurais réuni l'argent nécessaire, je ferais mes adieux à Rita Monpean Carreras. Je deviendrais Joséphine Blanc. Joséphine Blanc serait une Française de souche, comme ceux qui font l'unanimité ici. Un doux prénom comme Joséphine, ça atténuerait mon tempérament de feu, ça me franciserait.

Je n'emporterais rien. Juste ma médaille, la clef et quelques vêtements. Mes parents m'avaient confiée à ma sœur, qui m'avait confiée à Madrina. Mes grands-parents m'avaient confiée à Dieu, et lui au moins, il était toujours là. Enfin toujours pas là, donc il ne me manquerait pas si je me confiais à lui en attendant. C'est la raison pour laquelle j'avais décidé de conserver cette médaille. Pas pour rester liée aux miens ou à mon histoire. Pas parce que je pensais qu'elle avait de la valeur – j'avais atterri depuis longtemps à ce sujet en essayant de la vendre. Non, je la conserverais comme un grigri pour ne pas être toute seule. Je laisserais tout, pour que rien ne puisse trahir d'où je viens ni qui je suis. Ni qui j'étais, plutôt. En réalité, tu vois, j'ai gardé la chaîne qui supporte à la fois cette médaille et la clef rouillée. Ma médaille pour l'isolement, et ma clef pour que rien ne m'empêche d'accéder à un avenir. Pas n'importe lequel. Un bel avenir. Mon bel avenir. Un avenir où c'est moi qui gagne à la fin. Pas comme eux. Moi, j'avais ma clef, d'ailleurs mon âme courageuse en fabriquerait d'autres, autant que nécessaire pour qu'aucune porte n'entrave mon chemin.

3

Le carnet de poèmes

J'entends battre mon cœur dans mon ventre en ouvrant ce grimoire et en relisant ces lignes. L'érotisme de certains poèmes me fait hésiter à lui trouver bonne place dans la commode. Pas longtemps. Il s'agit d'amour après tout. Tu n'as pas eu Nina par l'opération du Saint-Esprit que je sache. Il y a tout un fatras de babioles dans ce tiroir, mais oublie le noyau de litchi, le bracelet, la mèche de cheveux, le jeu de cordes de guitare et le reste. C'est surtout ce carnet le témoin de ma féminité naissante et de mon plus grand amour.

J'ai pourtant les viscères noués quand je tombe sur Rafael pour la première fois. Je viens de tout quitter. J'ai une envie féroce. J'ai l'impression que la vie m'appartient, mais j'ai des scrupules à être partie sans mot dire. Et puis je ne sais pas par où commencer.

Rafael apparaît, sortant d'un bistrot. Il s'arrête pour allumer une cigarette. Il fixe ses pieds alors j'en profite pour le regarder. Oh mon Dieu ! Il va me prendre pour une pauvrette, assise ainsi par terre devant la gare de Toulouse. C'est que je suis restée debout pendant tout le trajet, de Narbonne jusqu'ici, j'avais pris le billet le moins cher. Je me lève. Juste pour qu'il ne me voie pas s'il hausse le regard. Ou justement pour qu'il me voie, je ne sais pas. Dans ma tête je répète : *viens, viens, viens, viens vers moi.* Je mise tout sur la télépathie car je n'ose pas m'approcher de lui. Il est trop. Trop beau. Trop viril. Trop sûr de lui. Trop fier. Il est beaucoup trop tout pour que je me sente capable d'un tel courage. Il me sourit. Je baisse les yeux. Quelle idiote ! Heureusement que ça ne le décourage pas. Il devine bien à mon attitude que je me suis levée sans savoir où aller. Me donner une contenance. Vite vite vite. Il traverse la rue.

— *Mucho gusto señorita. ¿ Puedo ayudarle ?*

— Je ne parle pas l'espagnol, désolée.

— *¿ En serio ?*

Je ne réponds pas. Joséphine Blanc ne sait pas ce que ça veut dire, *en serio.*

— Euh pardon, j'aurais juré que vous étiez…

— Non, pas du tout.

— Enchanté. Rafael, dit-il en me tendant la main.

— Joséphine.

— C'est joli, Joséphine.

— Merci.

Oh non ! Évidemment, au hasard, je tombe sur quelqu'un qui me ramène à moi, chez moi, car avec cet accent c'est toute l'Andalousie qui se dessine sur la brique rose. Ils sont partout, décidément. Tu parles d'un début d'émancipation ! Voilà l'Espagne, dans ce qu'elle enfante de plus sensuel, qui me rattrape déjà. Et je ne l'en empêche même pas. Surtout pas. La vie vient d'arriver dans ma vie. C'est la première fois. Toute ma chair hurle mon désir et mon émerveillement. Je suis si troublée que ça doit se voir comme le nez au milieu de la figure. Je me reprends. Je joue le détachement et tente de me souvenir de ce qui fera de moi une vraie Française. Je dois être tout en retenue, un peu prude, un peu mécontente, sinon je ne collerai pas à mon personnage. Mon impulsivité et ma franchise, au placard ! De ce côté-là, ça devrait aller tout seul, après cinq années à étudier chez les culs bénis de Saint-Just, je suis rodée. Recentre-toi, Rita, c'est peut-être un coup du destin. *Tranquilo tranquilo tranquilo*.

J'y suis. Lever mes yeux vers lui me coûte plus que de grimper le pic du Mulhacén, mais je ne me dégonfle pas. Je vais plonger mon regard dans le sien pour y pêcher son âme, et si elle est trop petite, trop jeune, trop fine, je la remets à l'eau. *Ay, Dios*, il ne me quitte pas des yeux. J'ai le cœur et le ventre qui ont embarqué dans un wagon de montagnes russes, je suis secouée, perdue, ivre d'adrénaline. Enchaîne

enchaîne enchaîne, ma grande. Impossible. Je suis figée comme *La Pietà*. Je ne force même pas ma timidité, elle a pris possession de tous mes moyens. Alors ça y est, je suis vraiment devenue une foutue Française ? Quelle honte.

— Tu connais Toulouse ? Tu veux faire une visite avec le meilleur guide de la ville ? me propose Rafael.

— Pourquoi pas ! Je ne connais rien ici. Je suis narbonnaise, je viens d'arriver.

Rafael marche vite. Avec un sourire tendre, il s'est emparé de ma main pour que je tienne le rythme, sans que j'aie le temps de donner mon accord. J'aime ça aussi. Il est respectueux mais entreprenant. Un bonhomme, quoi. Un vrai. Je crois défaillir chaque fois que je pense à sa peau contre la mienne. J'essaie de me concentrer sur autre chose, mais rien n'y fait. Un vent de fou a pris possession de la ville. Ou alors c'est l'effet de ma main dans la sienne qui déchaîne les éléments.

Le vent d'autan nous fait courber l'échine et ralentit notre marche. Il essaie de défaire nos mains entrelacées, même si chacune d'elles lui résiste. À nouveau, regard tendre demandant mon aval sans attendre qu'il arrive. Quand ses doigts se défont des miens, j'ai l'impression qu'on m'arrache un membre, alors que nous marchons seulement depuis vingt minutes. Mais c'est son bras puissant qui prend le relais, s'étire et passe dans mon dos. Sa main s'agrippe à mon épaule et nos deux corps forment un bouclier contre

Éole. Je me sens vivante. Terriblement vivante. Dans les bras d'un inconnu, seule dans une ville que je ne connais pas, je n'ai pas peur. Quelle que soit l'issue de cette rencontre, il fallait qu'elle ait lieu, j'en suis sûre. C'est si naturel, c'était écrit.

Je découvre la ville telle que Rafael l'a faite sienne depuis deux ans. Il est réfugié lui aussi. Je fais mine de ne rien savoir de cette guerre qui a ravagé son monde, notre monde. Je l'écoute avec attention, je cache mon émotion et feins parfois la surprise. J'ai presque l'impression qu'il décode mes petits mensonges en temps réel et s'en amuse. Ce n'est pas possible, mon accent français est parfait, et pour me couvrir, à la façon de Madrina j'économise mes mots. Je ménage mes effets, comme elle dit. Notre après-midi s'achève par la visite de son lieu de vie. Rafael loue une chambre dans une communauté d'artistes. C'est extraordinaire. Au rez-de-chaussée vivent les Allemands. Un peintre, un metteur en scène et deux romanciers s'attellent à leurs travaux respectifs dans un calme olympien. Au premier étage, ça braille en italien dans tous les sens. Un couple de sculptrices, un menuisier, un auteur de théâtre, une danseuse, un spécialiste de la commedia dell'arte et un chanteur échangent avec virulence. Au second étage de la maison, des Espagnols hauts en couleur s'invectivent à n'en plus finir.

Soudain une pointe de mélancolie vient se planter dans ma gorge. Je pense à l'immeuble. Cet endroit lui ressemble. Il me sortait par les yeux et voilà que je rêve qu'il soit la porte à côté. Je voudrais moi aussi entraîner Rafael dans mon petit monde, et en être fière comme il est fier du sien. Mais il est trop tard. Cette communauté est un leurre. Dehors, c'est toujours pareil. Dehors, on est hostile avec l'étranger. Si chez Rafael tout le monde se respecte, ce n'est pas réel. Les lois intra-muros ne sont pas les lois de la rue, ni des lois universelles, ce n'est pas ça la liberté. La liberté, c'est être soi-même dedans et dehors.

Rafael et moi discutons toute la nuit qui suit notre rencontre. Nous sommes coupés par le retour au bercail de ses deux pigeons.

— Hari, Mata, je vous présente celle qui a allumé la lumière dans la pénombre de mon ciel aujourd'hui ! Elle s'appelle Joséphine. Joséphine : voici Mata et Hari.

Il dégrafe les petits rouleaux de métal autour de leurs pattes et les glisse dans sa poche tout en m'encourageant à lui parler un peu de moi. Je lui dis que mes parents sont morts dans un accident et que je suis partie parce que je n'ai plus rien. Je suis succincte. Il n'insiste pas. Il me raconte les siens, son village bombardé dont il ne reste que des cendres. Il évoque l'Espagne comme si j'étais étrangère à cette terre. J'aime ça. Sa parole porte haut les couleurs de notre drapeau. Il s'enflamme en se replongeant dans sa mémoire pour nourrir son récit, et sans le savoir me brise avec ces souvenirs qui sont aussi les miens.

Il parle de sa vie de vitrier avant, de la chaleur des échanges avec ses clients, du troc, des petits services. Il parle de sa vie de vitrier maintenant, des exigences inconsidérées, et de l'impolitesse dont les Français font preuve à son égard. Il aimerait jouer de la guitare et écrire des poèmes toute la journée mais il faut bien manger.

Il ne dit pas tout. Je le sens. Et ses absences répétées le confirment. Comment le blâmer alors que je me suis moi-même drapée dans un tissu de mensonges ? Il prend sa guitare tout en continuant à parler. Moi, je n'entends plus ce qu'il dit. Chaque accord qu'il égrène sans y penser révèle tout ce que j'occulte. Le manque. Le manque mortel. Des miens, de mon pays, de toute cette vie qui n'est plus. Je ne veux pas entendre cette musique, je ne suis pas apte à soigner la petite fille que j'étais, juste à l'enterrer provisoirement pour réussir à vivre.

Je me rapproche et pose ma main sur les cordes de sa guitare pour les faire taire avant qu'une larme dans mes yeux ne se décroche. Rafael prend ce geste pour une invitation à m'embrasser. C'est le plus merveilleux malentendu, le plus extraordinaire et le plus doux accident que la vie m'ait donné de vivre. Je ne résiste pas, je m'abandonne, je m'offre. Je succombe sans retenue à ses baisers, puis à ses caresses, puis à tout son être m'enveloppant comme de la soie. Ça ne ressemble pas à une première fois. Plutôt à une chorégraphie que nos corps auraient répétée des heures durant pour atteindre une telle fluidité. Pourtant, notre danse s'écrit au fur et à mesure que nos peaux s'apprivoisent, dans la lenteur et l'écoute, dans ce que le plaisir peut avoir de plus sacré et de plus mystique. Nous voyageons dans notre corps, soumis à nos propres sensations autant qu'à celles de l'autre. Ce silencieux dialogue, rompu par instants par nos souffles sauvagement courts, est d'une pureté biblique. Le contenu n'est pas très catholique, ça non, et heureusement ! Mais aucun geste n'est indécent, n'est-ce pas, s'il est guidé par l'amour et la confiance dans une volonté commune ? Bien sûr, je veux lui plaire. Mais avant tout je suis spectatrice de ce qui se métamorphose en moi, surprise et assoiffée d'en savoir plus. Je ne cherche pas simplement à lui faire plaisir, je suis aussi centrée sur ma volupté naissante. Et c'est pour ça que cette première fois est aussi merveilleuse.

Quand j'ouvre les yeux le lendemain matin, Rafael est assis près de moi et me fixe avec tendresse. Une casserole de café fume déjà sur un réchaud de fortune et un morceau de pain grillé sur le poêle. L'idée que je suis inconsciente d'avoir suivi cet homme et de m'être si rapidement donnée à lui me traverse l'esprit. Cela dure moins de deux secondes. Quelque chose en moi sait très bien ce que je fais là. Quelque chose dans la scène qui se joue est de l'ordre de l'évidence.

Ses lèvres ont le goût de la réglisse. Rafael est nerveux alors il passe son temps à en mâchouiller des bâtons. Quand il est venu à bout de la réserve du Calabrais du premier étage, il passe aux branches de fenouil sauvage qu'il ramasse quand nous nous promenons dans le jardin des Plantes. Rafael connaît à peu près tous les Espagnols de la ville. Je me cache pour rougir quand il a de jolis mots à mon sujet que je ne suis pas censée comprendre. Et je ne comprends pas tout. Il dit parfois que je suis sa liberté, que je suis le poumon que Dieu lui envoie pour qu'il respire enfin, que je suis les yeux qui lui font voir que le monde n'est peut-être pas totalement foutu. Je crois que ce n'est pas mon cas. Depuis que je suis Joséphine Blanc, tout a changé et l'humanité m'en semble d'autant plus détestable. Aimer Rafael n'y change rien. Je suis bien reçue dans les magasins, j'ai trouvé facilement un travail de repriseuse à un salaire correct et j'entends les propos sans filtre des gens sur les immigrés. J'écoute leurs conneries et j'acquiesce d'un air entendu. Je bouillonne, je déborde, mais tout reste à l'intérieur et me noie. Ce qu'ils disent est faux. C'est injuste. L'exprimer me démasquerait. J'ai gagné la liberté d'exister, mais ma liberté de parole a péri dans mon changement d'identité. Je suis prise dans un étau. Il faut que je me libère avant d'imploser. Rafael doit savoir. Moi aussi je veux tout savoir. J'en ai assez de ce romantisme du secret. Je veux que nous soyons transparents l'un pour l'autre désormais. Être

Rita dès que j'entre dans la chambre que nous partageons depuis dix mois, Rafael et moi. Être Joséphine dès que j'en passe la porte pour affronter le monde extérieur. C'est peut-être ça, le bon choix.

— *Mi gatito*, tu pensais vraiment que tu réussirais à faire croire à un chat que tu es un chien ? Si tu es un oiseau, tu peux faire croire à un chat que tu es un chien. Mais quand deux êtres de la même famille se rencontrent, aussi différents soient-ils, ils se reconnaissent, sans aucun doute. J'ai deviné les raisons de ton mensonge. J'ai entendu ton besoin d'être reconnue et acceptée, alors j'ai fait comme si. Mais ce n'est pas un hasard si nous nous sommes aimés. Je suis devenu ta maison et toi la mienne. Nous nous sommes donné plus que de l'amour, un commencement tout neuf, un repère, un ancrage, qui nous manquait à tous les deux depuis l'exil. Mais nous allons le retrouver notre toit, le vrai, je te le promets, *mi cielo*, et nous repeuplerons l'Espagne d'enfants heureux. C'est pour ça que je pars dans un peu plus d'un mois. *Ida y vuelta*, aller retour. Miguel et Pascual s'en vont avec moi. Nous emportons des vivres pour la guérilla qui se meurt de faim. Ils ont besoin de forces pour faire chuter le régime de l'*hijo de puta*. Un attentat se prépare. Nous avons une réunion à l'arrivée, diverses choses à organiser ensuite pour les guérilleros, et deux, disons au pire trois semaines plus tard, tu m'embrasseras de nouveau.

Rafael n'est pas un simple exilé. C'est un fugitif. Il est Enlace. Littéralement ça veut dire lien. Les Enlaces sont peu nombreux et triés sur le volet. Ce sont des hommes de confiance. Certains sont devenus maquisards pour ne pas avoir à quitter le pays. Rafael, lui, participe à l'acheminement de toutes sortes de marchandises depuis la France pour aider la guérilla antifranquiste. Il me parle de courrier et de nourriture, mais j'ai déjà trouvé des armes en pièces détachées sous notre lit, qui apparaissent et disparaissent comme par enchantement. Poser des questions m'aurait exposée à parler moi aussi, alors jusqu'ici je me suis tue.

Un Enlace est aussi agent de renseignement. Eh oui, avoir des pigeons, ce n'était pas qu'une fantaisie. Franco contrôle toute l'information en Espagne, ce qui ralentit l'action des guérilleros. Alors la rébellion essaie de déjouer cette chape de plomb avec quelques pirouettes. La guerre continue en sous-sol. À commencer par ces journaux clandestins qui disent vraiment ce qui se passe. Et ce n'est pas joli. Les Espagnols vivent dans une misère absolue depuis la fin de la guerre. Papa et Maman n'avaient peut-être pas tout à fait tort. Ici, au moins, nous mangeons à notre faim, ou presque.

Rafael me raconte que nous avons failli renverser El Caudillo à trois reprises. Il s'en est fallu de peu chaque fois. En France, les journaux n'en ont rien dit. Franco fait aussi de la rétention d'information pour ne pas entacher l'image de son super pouvoir aux yeux du reste du monde. Ça, c'est sans compter sur mon beau taureau. Rafael a la détermination de celui qui part avec quelques points de retard. La rage des victimes qui ne subissent pas. C'est un frondeur, qui n'a rien à prouver, un homme impulsif, qui a toutefois mûri et mesuré les conséquences de ses actes passés. Dorénavant, il agit dans le souci d'épargner son espèce, même les pires spécimens, car il part du principe que personne ne naît foncièrement mauvais. Il apaise ma colère avec sa vision des choses. Je pourrais tuer Franco de mes mains, mais Rafael préférerait le voir finir en prison. C'est moi, la brute. Il est la tempérance. Le contraire de ce que nos physiques respectifs pourraient laisser penser. Nous ressemblons à David et Goliath. Ma finesse frôle la transparence et sa charpente est massive. Je dois me mettre sur la pointe de la pointe des pieds pour accéder à ses lèvres, même quand il m'aide en travaillant la souplesse de son cou vers le sol. Ça le fait rire. Il finit toujours par me soulever pour rendre la tâche plus facile. Alors j'enroule mes jambes autour de lui comme un petit singe à son arbre, afin de l'aider à supporter mon poids. Mais Rafael pourrait me porter juste avec son auriculaire s'il essayait.

J'aime. Je suis aimée. Je suis protégée. Et peu à peu, je prends conscience que je n'ai besoin de rien d'autre.

Déjà quatorze jours qu'ils sont partis. *Madre mía*, que font-ils ? Depuis hier, je descends toutes les quatre heures demander à Ullrich de siffler pour moi. Mata et Hari doivent être germanophiles, car ils rappliquent dès qu'Ullrich les appelle. Il est le seul qui les dompte. À part Rafael, bien sûr. Ils ont leurs têtes ces deux-là, mais lui, va savoir pourquoi, ils l'estiment. De mon côté je n'ai jamais pu les amadouer. Les mains de Rafael sont largement assez riches de caresses pour eux et moi, mais ils ne l'entendent pas de cette oreille. Ils m'ignorent inlassablement, me rappelant qu'on est toujours l'indésirable de quelqu'un.

Troisième nuit sans fermer l'œil. Je découvre les jolies choses qu'il a écrites à notre sujet dans son carnet de poèmes. À en lire les dernières pages, il nous a imaginé un de ces avenirs ! Il est si optimiste, prêt à tout pour que notre futur soit un rêve éveillé. Je me dis qu'il est fou et c'est ce que j'aime chez lui. À viser l'impossible on peut atteindre au moins le merveilleux. Je regarde Saint-Sernin trouer les nuages comme l'angoisse qui me transperce le ventre. Je repense à l'immeuble. À ceux de mes voisins là-bas qui étaient repartis combattre, et qui ne sont jamais revenus. Aucun d'eux n'avait l'envergure de Rafael, alors on ne peut pas comparer, mais j'y pense tout de même. On a vite fait de s'angoisser quand on ne peut pas communiquer. Je sais que je ne devrais pas m'inquiéter, que sa route est longue et les trains rares, mais le manque me fait perdre toute rationalité.

Qu'elle est vide ma carcasse quand Rafael ne l'emplit pas de son amour et de son énergie !

Avec lui tout semble possible. Je rêve de nouveau. Avant, c'était l'un de mes sports préférés : m'asseoir sur un banc et me bercer d'illusions inspirées par les passants. Après avoir quitté l'Espagne, j'ai cessé de le pratiquer. Une partie de moi était restée coincée là-bas. L'enfant rêveuse et légère que j'étais ne m'avait pas suivie. Elle avait dû se perdre dans les Pyrénées. Je l'avais abandonnée comme on rompt avec un regret. Sans explication, uniquement parce que je savais que la maintenir en vie maintiendrait la douleur. Il fallait bien choisir.

Auprès de Pepita, la mère de Rafael, je la retrouve quelquefois, cette gosse. Pepita la devine, la ressent, la chérit, et ce faisant elle la ressuscite. J'aime qu'elle la fasse revenir avec ses questions, qu'elle la plaigne, et qu'elle me serre à m'étouffer durant de longues minutes quand elle a fini par m'extirper de grosses larmes. Il y a un monde entre sa tendresse et son passé de combattante. Cette mirgue était au front. Pepita. Un mètre cinquante-cinq, cinquante kilos toute mouillée, fusil à l'épaule, noyée dans un gigantesque bain de machisme et de testostérone. Ça devait valoir le coup d'œil ! Elle était devenue secrétaire du bureau des Jeunesses républicaines après une blessure, puis elle avait dû fuir pour sauver son *culo*, comme elle dit. Elle lit dans les êtres et se fait baume pour les réchauffer, ou feu pour les brûler.

Avec moi, elle est le plus doux des onguents. Nous nous écoutons. Quand elle te pousse à parler, à t'effondrer ou même à lâcher les chiens, inutile de résister. Elle t'aura. Elle saura. Sans te bousculer. Parce que « ça fait du bien de vider son sac à dos de tout ce qui ne te sert plus, de temps en temps. Ça soulage les reins ». Je me laisse aller parce que je sais qu'elle me veut du bien. À sa façon de passer derrière moi et de prendre ma main pour tourner la pâte à churros. À ses paniers garnis hebdomadaires déposés sur le palier avec toujours quelques *mantecados* au chocolat alors qu'elle sait bien que Rafael n'y goûte jamais et que je les adore.

Notre première rencontre avec Pepita, c'était sur le palier justement. Il y a à peine deux mois, pourtant cela semble si loin. Rafael venait de sortir, et quand j'ai entendu frapper, je me suis précipitée vers la porte, pensant qu'il avait oublié quelque chose. Vêtue d'une simple chemise de nuit, verre de café à la main et cheveux en bataille, je me suis retrouvée bouche bée face à elle en train de crier :

— *¡ Tu vieja mamá volvió de su viaje, mi azúcar !* (Ta vieille maman est revenue de son voyage, mon sucre !)

Indéniablement, je ne partageais pas que le café de son fils. Indéniablement, c'est elle qui avait donné ce regard de jade à Rafael. Elle m'a scannée de la tête aux pieds et des pieds à la tête, puis j'ai ouvert la bouche et tendu la main pour interrompre le manège.

— Joséphine. Enchantée.

— Enchiantée ? Pffffff… *¡ Mi amor, por favor !*

Jamais quelqu'un n'avait mis en doute la crédibilité de mon petit costume de Française. Et fièrement avec ça, sans la moindre gêne ! De quoi me décider à me démasquer, car c'est ce fameux soir que j'ai parlé à Rafael, qui m'a avoué ne jamais avoir été dupe. Quand une mère veut protéger son fils, en moins d'une phrase elle y parvient, comme par magie. Elle m'a décousu la bouche, probablement pour que Rafael sache, et je dois avouer que cela m'a fait un bien fou.

Dès notre deuxième rencontre, je me suis présentée comme Rita et elle m'a fait un sourire de connivence avant de m'emmener dans la cuisine pour un interrogatoire-confession-psychanalyse, intelligemment mené. Au départ elle m'a scrutée, examinée, dépecée à nouveau, mais, se trouvant des points communs avec les miens et notre histoire, elle m'a témoigné très vite des sentiments sincères. Je m'étais épanchée jusqu'à plus soif, jusqu'à m'en surprendre – la poire que je buvais poliment chaque fois que Pepita me resservait avait dû aider. Sur elle, l'alcool ne semblait avoir aucun effet.

Tu pourrais imaginer une jolie femme quand je te la décris, *cariño*. Détrompe-toi ! On était très loin de la jeune première. Elle paraissait plus vieille que le monde. Sa peau était si profondément plissée que je me questionne sur l'âge auquel elle a pu enfanter Rafael. Même quarante-cinq ans plus vingt-deux ans, ça ne fait toujours que soixante-sept ans. Il y avait un tel décalage entre son aplomb et son apparence !

J'ai gagné sa confiance en ouvrant mon cœur, ma tête, mes entrailles. J'y ai consenti sans rechigner alors la louve m'a glissée entre ses pattes, au chaud auprès de ses autres petits, comme si nous étions du même sang. Elle doit commencer à être inquiète elle aussi. Peut-être pas. Est-ce qu'elle attend de moi que je sois forte ou que je partage mon anxiété avec elle ? Dans le doute, je me retiens d'aller la voir. Si elle savait quelque chose, je le saurais déjà, Pepita ne me laisserait pas sans nouvelles.

Nous sommes jeudi, et avec le vendredi ce sont les jours les plus longs de la semaine car je ne travaille pas. Il y a encore trois semaines et demie, je les adorais ces deux jours-là. Le mardi, je commençais à compter les heures, le mercredi j'étais fébrile toute la journée et à dix-neuf heures je devenais un volcan jaillissant. À l'idée de retrouver Rafael et de ne presque pas avoir à le quitter pendant une soixantaine d'heures, j'étais dans tous mes états. Même s'il s'absentait, j'avais bonheur à me préparer, me faire belle pour son retour à la maison, cuisiner pour lui ; mon imagination faisait le reste. Rafael accueillait toujours mes efforts avec enthousiasme et mes effets avec désir, ce qui me poussait à m'enflammer sur le moindre détail.

Puis mon monde s'est retrouvé à l'envers. Chaque mardi j'appréhende le mercredi si proche de ce jeudi et de ce vendredi anxiogènes. Je passe ces deux jours en quasi tête à tête avec mes angoisses, assise sur le rebord de la fenêtre sur rue. L'horloge joue les arbitres. Ma hantise joue la montre.

Les jours défilent au ralenti. J'ai trouvé mon rythme dans cette lenteur anesthésiante. Chaque matin en quittant la communauté, je siffle. Ullrich se penche à la fenêtre et me dit non de la tête. Je continue mon chemin en passant par chez Pepita qui m'offre un café. Elle me donne *El Socialista* ou *Alianza*, quand elle a réussi à les trouver et qu'elle les a elle-même déjà décortiqués. Je les lis mais c'est pour Rafael, « quand il rentrera il faudra bien qu'il sache tout ce qui s'est dit et passé pendant son absence ! ». C'est presque à l'atelier que je me sens le mieux. Et dans le quartier où je travaille plus généralement. Je ne suis plus moi, et ça me calme d'être concentrée sur mes ouvrages et mon personnage. Je suis la timide Joséphine, précise et efficace, aussi discrète que laborieuse.

Ce soir je rentre tard. J'ai accepté de finir à vingt-deux heures puisque personne ne m'attend. Je fais ça souvent depuis que Rafael est parti. Mes économies grossissent à vue d'œil, pourtant, je peine à m'en réjouir. J'aimerais qu'on aille à la mer quand Rafael rentrera. J'ai peut-être déjà de quoi acheter des maillots de bain et prendre trois nuits en pension complète dans un hôtel. Peut-être même les billets de train. Peut-être aussi du tissu pour me faire une robe. Et je sais qu'en ouvrant la porte il me dévorera des yeux. En marchant vers moi, il reticndra une envie presque animale pour la transformer en un manteau de tendresse dont il me vêtira d'abord.

Il fait froid ce soir, alors mes pensées et projets me tiédissent. Hier j'ai enfin osé dire à Pepita que je mourais d'inquiétude et elle m'a rassurée. Elle, elle est restée cachée trois semaines dans un trou à manger des baies et des vers de terre, pour échapper aux rafles des milices. Autant te dire qu'un mois et demi d'absence n'a rien d'alarmant pour elle. Pepita me ment, mais je n'y vois que du feu. Comme moi elle est tétanisée. Elle sait que la planque de la troisième division a été découverte et incendiée par les militaires, mais personne ne peut dire si les guérilleros ont été emprisonnés, exécutés, ou si certains ont pu s'enfuir.

Tiens, nous sommes dimanche, demain j'aurai peut-être un journal clandestin à éplucher, Pepita doit être en route pour le récupérer. Soudain, un hurlement déchirant m'extirpe de mes pensées. Je reconnais sa voix dans la seconde et m'élance vers la grande rue. Pepita. Je pousse la porte de la grange où nous organisons nos bals entre immigrés le mercredi. Tout le monde est là. On n'entend que le vent souffler dehors, et dans le fond, deux râles. La communauté, le voisinage, tous les Espagnols du quartier encerclent Pepita et la femme de Miguel. Quand j'entre, Ullrich court vers moi. Derrière lui, Pepita supplie en pleurant.

— *¡ No se lo digas, no se lo digas, Ullrich, por favor !* dit-elle en arrachant une page de journal qu'elle se met à mâcher.

La scène est aussi tragique qu'irréelle. Je voudrais arrêter le temps et qu'Ullrich n'arrive jamais jusqu'à moi. Que les quinze mètres qui nous séparent s'étirent à l'infini pour ne jamais entendre ce qu'il s'apprête à me dire.

— Rita. C'est fini.

Je crois que j'ai vomi et que je me suis évanouie. C'est un peu flou. Tant de printemps sont passés... Il me semble qu'en me réveillant ma première pensée est allée à mes parents. Les jalousant. Eux au moins ils sont ensemble. Si j'avais mesuré le danger, je serais partie avec lui. Je suis submergée par la colère. Heureusement qu'on a ça, nous autres humains, la colère. Pendant qu'on enrage sur un potentiel responsable, on cesse un peu d'avoir mal. J'ai encore vomi. Sur toute ma robe blanche et dans mon décolleté. Pepita est prostrée. Muette. Tout est sorti en un seul cri et il ne lui reste déjà plus que le vide. Son visage est calme et ses yeux errent dans le vague. De grosses larmes coulent sur ses joues. Rien d'autre ne bouge sur la figure de Pepita. Je vomis encore. Ullrich me tient les cheveux et tandis que je suis penchée, le murmure de peine général s'arrête d'un coup. Je lève la tête, tous les regards de l'assemblée sont posés sur moi avec stupéfaction. Sur mes seins plus particulièrement.

Ahurie, je baisse le regard vers ma poitrine et me rends compte qu'elle est extrêmement enflée. Mon premier réflexe est de me cacher de leurs yeux insistants en réajustant ma robe. Puis je me mets à penser à la maladie. Mais il n'y a qu'une maladie qui fait pousser les seins. Une maladie extraordinaire.

Je suis partie. Encore. Savoir qu'un minuscule morceau de Rafael s'était niché dans mon ventre avait réveillé un besoin viscéral de revenir sur ma terre. Un besoin de retrouver ma langue, la couleur de mes paysages, les miens, la chaleur étouffante et les longues siestes pour y échapper, nos rites, nos rires et nos coutumes. Je ne pouvais pas imaginer la misère qu'affrontaient ceux qui étaient restés. Je ne pouvais pas imaginer à quel point notre départ avait été vécu comme un rejet par les nôtres. Je ne pouvais pas imaginer que là-bas j'étais devenue une étrangère, une traîtresse, une prétentieuse petite Française. Les amis, les enfants que j'avais laissés, étaient à présent des hommes eux aussi et ce bonheur des retrouvailles que j'avais fantasmé sur ma route jusqu'à eux me fut interdit. Dans leurs voix, le reproche, la distance, comme si le pays entier m'accusait de l'avoir abandonné alors que j'avais eu la sensation d'avoir été mise dehors. Tes parents étaient d'ici, toi tu n'es pas d'ici, tu es une fille d'ailleurs.

J'étais triste mais au fond je comprenais. Je connaissais ces sentiments, cette colère, cette injustice. Par cœur. Et pour les miens, désormais, je ne réservais que mon respect et mon indulgence. Je décidai de ne pas exposer mon point de vue ni d'imposer ma présence. Mais de choisir mes combats. Mon combat. Celui de donner à mon futur enfant tout ce que je n'avais pas eu. En tout cas, ce que j'étais en capacité de lui donner. Pour tenir bon, je parlais à mon ventre qui avait poussé en à peine quelques jours.

— Tu sais quoi *mi vida* ? On s'en fiche, cette histoire c'est la nôtre, que ça leur plaise ou non. Je serai tes origines, tu seras mes racines, et on s'inventera la vie qui nous plaira. On ira où on voudra, on sera qui on a envie d'être, et on s'écrira un avenir fantastique, ensemble. Notre histoire, je te la livrerai et tu en feras ce que tu voudras. Je te raconterai que tu descends de deux lignées de combattants, disparus pour leurs idées. Je te lirai ce cahier écrit par la main et le cœur de ton père. Des phrases et poèmes d'hommes et de femmes qui l'ont inspiré. Des mots à lui, en vrac, et du feu entre les lignes. Je t'apprendrai ma langue, et si tu le décides, ce sera la tienne. Je t'apprendrai les doux parfums du pays de tes ancêtres. Parce que, avec toi, j'ai envie de tout.

Parce que si tu t'es invité là, c'est pour nous rendre immortels, Rafael et moi.

Mon carnet de poèmes en poche, je suis repartie le jour même de mon arrivée en Espagne. Vers Narbonne.

4

L'acte de naissance

J'ai mis cet acte de naissance dans la commode très longtemps après qu'il fut rédigé, *cariño*. Avant qu'il n'y trouve une place, il est resté caché dans le double fond de la table de nuit que je traîne depuis l'immeuble. Elle m'a suivie partout. Pas qu'il soit particulièrement joli ou pratique, ce chevet, mais avec ce double fond il s'est avéré utile à chaque instant de ma vie.

De retour à Narbonne, je ne fais pas la fière face au regard désapprobateur de Madrina. Nous entrons, et quand ma sœur Leonor ouvre la porte de l'atelier, en un centième de seconde je vois se succéder sur son visage la surprise, la joie et la perplexité. C'est lorsqu'elle me colle une énorme baffe que la quatrième émotion s'illustre. La colère, donc. Le centième de seconde suivant elle regarde mes seins, mon ventre, et cherche mon regard. Là, je me dis qu'à coup sûr je vais en prendre une autre. Mais non. Ma sœur m'offre la plus longue des étreintes. Puis me repousse tendrement pour échanger un regard avec Madrina. Je me tourne aussi vers elle et c'est le sourire débordant de coquinerie qu'elle me demande :

— *¿ Y quién es ?* Et qui est le père ?

Je m'effondre. Ma sœur me soutient pour monter les étages et m'asseoir. Madrina dégage un Andalou de son lit dans mon ancien appartement et nous nous installons toutes les trois. Il y a tellement à rattraper et je n'ai aucune énergie. Je ne suis plus vraiment moi-même. Les hormones. La fatigue. Ou la douleur. J'essaie de me reprendre doucement, mais c'est sans compter sur Madrina en pleine crise de curiosité ! Quand elle est dans cet état, on a rarement le temps d'entrevoir le poids du silence. Les mots ne viennent pas naturellement entre ma sœur et moi, alors Madrina se raconte tout en m'offrant un tour d'horizon de ce que chacun ici est devenu. Elle n'oublie pas les ragots, elle en rajoute, commente, surjoue, elle sait être si rafraîchissante. Elle a toujours été douée pour me détourner de mon chagrin.

Cette fois, ses manœuvres sont vaines. Je suis vide de tout sauf de désespoir. Je les regarde toutes les deux, leurs yeux purs et espiègles, j'écoute leur accent, leur rire. Si cela me réchauffe, ma solitude continue de grandir comme un cancer qui se généralise. J'ai tout à coup une pensée pour ma petite sœur.

Carmen est à l'école. J'ai tellement hâte de la voir. Mais d'abord il va falloir parler.

Je commence au tout début. Par des excuses. Et des explications. Elles m'écoutent, attentives, l'air tour à tour renfrogné ou admiratif. Quand elles s'éloignent pour nous servir des verres de *chufa*, je m'interroge. Pensent-elles que j'ai eu le courage de forcer mon destin ? Sont-elles fières que j'aie osé brandir une nouvelle appartenance pour m'émanciper d'un futur écrit ? Elles m'en veulent surtout, probablement. Je redoute le moment où il faudra s'attarder sur le fait que je suis partie sans rien dire. Au fond, je sais ce que pensent ces deux vieilles guerrières face à moi. Le courage, le vrai, ça aurait été d'exposer et d'imposer mon choix, et de donner régulièrement des nouvelles. Elles se disent sans doute que j'ai été d'un égoïsme sans nom. Elles ont raison, mais ça, je le comprendrai plus tard. J'ai causé tant et tant de chagrin et d'inquiétude à mes sœurs que je me sens honteuse comme une enfant face à la posture inquisitrice de Leonor. Elle est dans son rôle. Elle écoute. Avant de me bousculer encore, peut-être.

Nous en venons au fait. Rafael. La façon dont il est venu vers moi, notre amour, la communauté, la joie, l'indépendance, son départ. Mon débit ralentit au fur et à mesure que je m'approche de la conclusion de mon récit. L'excitation de parler de notre rencontre et de notre vie laisse place à l'appréhension de devoir affronter la chute. Je dilue maintenant mon propos dans des détails pour gagner du temps. Quel maquis, quelle compagnie, les dates, les lieux, les compagnons de lutte, leurs noms, prénoms, la maman de Rafael, son engagement, les journaux, mon travail, la grande reconnaissance que j'ai obtenue de mes patrons, mes économies, mon autonomie... Tout ce qui n'a aucune importance, je ne manque pas de le préciser avec force détails. Au milieu d'une de mes phrases, ne me semblant pourtant pas des plus cruciales, Madrina se fige, horrifiée. Elle se jette dans mes bras, serrant ma tête de ses deux mains :

— *Cállate mi amor, cállate mi pobrecita, por favor...* (Tais-toi ma chérie, tais-toi ma pauvre petite, je t'en prie.)

Leonor et moi restons interdites. Qu'ai-je bien pu dire de si significatif ? Tout en me caressant les cheveux, Madrina, secouée, chuchote à ma sœur :

— *Son los dos a quienes cortaron los dedos y quitaron los ojos, Rafael es el hijo de la Pepita, la de la oficina de la Juventud republicana.* (Ce sont les deux à qui ils ont coupé les doigts et arraché les yeux, Rafael est le fils de la Pepita, du bureau des Jeunesses républicaines.)

Il y a eu un blanc. Un noir peut-être. Juste après que Madrina a dit *Juventud republicana.* Un flot d'images, et un blanc. Un noir peut-être. J'ai revu le silence assourdissant dans la grange quand j'y suis entrée, j'ai revu Pepita hurler à Ullrich de ne pas me dire, puis manger la page du journal, j'ai revu ma robe blanche toute tachée, Pepita fixant mes seins… Tout. En une seconde. Puis plus rien.

Quand j'ouvre les yeux, je suis dans mon lit, celui d'avant mon départ pour Toulouse. Et presque tout a été replacé à l'identique. Même ma machine à coudre. C'est un retour en arrière fulgurant. Je suis sonnée. L'espace d'une seconde, je me demande si je n'ai finalement jamais quitté cette chambre depuis deux ans. Rafael a-t-il pu n'être qu'un rêve ? Un cadeau éphémère du marchand de sable qui aurait trop forcé la dose de poussière magique sur mon oreiller ? Une voix me sort de mes nébuleuses pensées. Je sursaute. Me retourne.

— Tu as dormi dix-neuf heures.

— Vous êtes qui ?

— Dis donc, je t'ai marquée.

Cette voix me dit quelque chose mais ce corps et ce visage de profil en train de préparer une tisane ne me parlent pas du tout. La pénombre et mon réveil somnolant ne m'aident pas. L'homme est grand, très fin, pas vraiment beau mais d'une étrangeté charmante, et il y a dans son timbre quelque chose de rassurant.

— Je savais que tu reviendrais.

— Mais enfin, qui es-tu ?

— Je suis à deux doigts de me vexer, Rita… Certes, j'ai eu une puberté tardive, mais à part la taille et la barbe, je suis bien le même, non ?!

C'est à sa façon d'essayer discrètement de me plaire que je finis par reconnaître André.

— André, dis-je, un peu soufflée par la métamorphose de mon ancien protecteur.

Il dépose un baiser sur mon front. Cela me surprend. Personne d'autre que Rafael n'a fait ça depuis… depuis mon père. Mon père… Cette pensée m'est agréable.

— Mais Madrina m'a dit que tu ne vivais plus ici, il me semble.

— Je suis passé hier juste après ton malaise rendre visite à mes parents qui sont toujours en face, et on m'a dit que tu étais là. Depuis, je te regarde dormir, au cas où tu n'aurais pas la force de m'appeler par la fenêtre si besoin, dit-il en me souriant.

André a changé. Je suis en train de le détailler quand il parle de mon malaise. Je crois défaillir de nouveau en repensant à ce qui a causé cet évanouissement. Mais je ne flanche pas. Je serre les dents pour ne pas que mon enfant s'effraie de devoir me rencontrer dans moins de six petits mois. On dirait que mes larmes empêchées vont forcer la sortie. Il n'en est rien. Rafael et son sang vivent dans mes chairs, donc j'y arriverai, ça va aller, je n'ai besoin de personne. Mon enfant et moi, nous n'avons besoin de personne. C'est la maman en moi qui s'éveille et s'oppose déjà, ou plutôt une nouvelle fois, à son destin. Je lui tiens tête comme un taureau au matador dans l'arène. Il sait qu'il en mourra certainement, mais pour l'heure il combat, il ne se sauve pas, il affronte, il reste digne.

Sans ce bébé, je n'aurais jamais eu la force de surmonter ce cauchemar. Je lui dois tout. Ma force, ma volonté, mon courage. Tout. À lui et au souvenir palpable de son père. Une force salvatrice me porte, c'est Rafael, je pourrais le jurer, qui me relève de ses bras puissants. Je voyage désormais sa main dans la mienne et je pourrais presque me rendormir.

J'ai oublié la présence d'André qui s'est assis à côté de moi. Il ne dit rien. Il me laisse le temps de me ressourcer. Il respecte mon absence, jusqu'à poser une main sur mon ventre. Je me sens agressée par ce contact, mais il parle avant que j'aie le temps de réagir.

— Vous n'êtes plus seuls tous les deux. Ici il y a tes sœurs, Madrina, puis ma mère qui rêve de confier de nouveau ses ouvrages à tes doigts de fée, et Louisa, qui se damnerait pour ton *pan con tomate*… et puis je crois que tu connais Angelita, Jaime et leurs garçons, non ? Ils ont pris la chambre de ta sœur dans l'immeuble peu après ton départ. Puis il y a ton *tío* Pepe qui a bien changé depuis que sa femme l'a quitté, tu ne vas pas en croire tes yeux…

J'étais sûre que dans le spectaculaire ventre d'Angelita se cachaient des jumeaux. J'étais sûre que Jaime finirait par nous retrouver. Comme j'étais sûre que la vie rattraperait ce fuyard de *tío* Pepe et qu'un jour il reviendrait ici la queue entre les jambes. Bien fait. Si j'en avais la force, je danserais ma joie.

La porte s'ouvre et Carmen apparaît soudain. Elle a les sourcils froncés. Elle ne franchit pas le seuil et me regarde avec une colère infinie.

— Je te hais, Rita, dit-elle avant de se jeter dans mes bras pour y fondre en larmes.

La première chose qui me vient à l'esprit, c'est idiot, c'est quelle belle jeune fille. Je la serre de toutes mes petites forces pour qu'elle sache à quel point elle m'a manqué, à quel point j'ai pensé à elle, à quel point je l'aime et comme je m'en veux de l'avoir ainsi abandonnée.

— Je ne te laisserai plus jamais, *mi cielo*, je te le jure. Comprends-moi, mon sucre, essaie au moins, laisse-moi te raconter.

André est sorti discrètement. Il est toujours très discret. Stable. Pas encombrant. Pas flamboyant. D'humeur égale. Pas impétueux. Pas passionné. Presque apathique. L'inverse de Rafael. Mais il est prévoyant et honnête. Tout le quartier s'en accorde et moi aussi, depuis la première fois que je l'ai rencontré. Depuis ce mot que cet adolescent fragile était venu glisser sous ma porte le lendemain de mon arrivée dans l'immeuble : « Rita, j'habite en face, je t'ai vue à l'école et je voulais que tu saches que tout le monde ne déteste pas les Espagnols. Demain si on t'embête encore, permets-moi de m'en mêler. André. » C'est Madrina qui me l'avait traduit en m'accusant gentiment d'avoir déjà fait tourner des têtes. Le lendemain, il m'avait mis le même mot, cette fois en espagnol, et y avait ajouté : « Pardon pour hier, je suis bête, tu ne lis probablement pas encore le français. »

Carmen m'étouffe de ses bras menus et reprend son souffle pour me dire :

— Je ne t'en veux plus, je sais que le bon Dieu t'a suffisamment punie. Je veux que tu me racontes tout maintenant. La liberté, ton amour... Arrête-toi avant la fin. Arrête-toi quand tout est beau. On s'arrêtera juste avant que ton amoureux parte pour la guérilla. Le reste, je sais, enfin, en gros, et ça ne m'intéresse pas.

Je coupe mon adorable petite sœur. Elle cherche à s'abreuver de mes aventures pour refouler sa rancœur. C'est elle tout craché, ça.

— Bon alors, on va y aller dans l'ordre, *mi amor*. Il semble que l'école catholique t'ait littéralement tordu l'esprit. Encore une raison de ne plus jamais te quitter ! Le bon Dieu, fais-moi confiance, n'est pour rien là-dedans. Il y est rarement pour grand-chose, d'ailleurs. Ou s'il y est pour quelque chose, alors c'est un sacré fouteur de *jaleo*, et une machine à fabriquer les douleurs. Que Dieu aille au diable, comme disait Maman dans ses grands jours. Viens t'allonger près de moi, je vais te raconter Rafael comme quand je te racontais des histoires enfant. Et je changerai la fin, comme quand tu étais petite.

Après deux semaines à dormir quinze heures par jour pour effacer de ma mémoire tout ce qui m'empêchait d'avancer, je me suis remise au travail. Combien de fois m'aura-t-il sauvée celui-ci ! Puis voir Leonor et Madrina s'émouvoir des progrès que j'avais faits en leur absence me rendait fière comme un paon. J'ai décidé, pour aller au-delà de mon chagrin, de vivre sans Rafael comme s'il était toujours là. En version invisible. Un genre de remplaçant de Dieu. Là, mais pas là. Omniscient, on dit, je crois. Qui conseille, guide, contrôle tout, l'air de rien. Une âme qui tourne autour de moi, qui me protège, me juge aussi, et à qui je dois rendre des comptes, enfin dans ma tête, dans mes pensées. J'ai songé à mes libertaires de parents : Maman, Papa, je crois que ça y est, je l'ai vraiment choisi, mon Dieu. Et il s'appelle Rafael.

Mon enfant est né un soir de février. Comme une lettre à la poste. Vingt heures, premières contractions. Vingt-deux heures, arrivée de ma charmante armée d'aidantes. Oui, à l'époque, l'accouchement était une affaire de femmes. Entre nous, pas de pudeur, un seul mot d'ordre : plus on est de folles, plus l'enfant grandira entouré. Vingt-deux heures trente, début du travail. Leonor a voulu aider le bébé à sortir, elle savait faire, elle finissait ses études de sage-femme. Mais elle était enceinte de six mois, alors c'est la maman d'André et Angelita qui ont pris le relais. Le ventre de ma sœur était aussi gros que le mien à terme, une baleine n'était pas d'une grande utilité dans ce contexte. Madrina s'est envoyé la bouteille d'eau-de-vie pendant que je poussais, donc nous n'avions plus rien pour désinfecter le cordon. Carmen est descendue prendre le whisky que Jaime cachait dans l'escalier. Tout le monde a rigolé car Angelita était furieuse d'apprendre que son mari planquait de l'alcool. Puis tout le monde s'est poilé en imaginant Carmen se faire enguirlander par Jaime. Eh oui, quel savon elle a pris ! Jaime est entré en hurlant à ma petite sœur qu'on ne balançait pas, même en cas d'urgence !

Il était vingt-deux heures quarante-cinq et je tenais mon enfant dans les bras depuis quelques secondes. Jaime est le premier homme qui l'a vu. Dès que ses yeux ont rencontré le petit être tout neuf, sa colère s'est éteinte brutalement, provoquant un fou rire général. Mon premier accouchement a été un moment étonnamment joyeux. André est entré dans ma chambre tandis que Madrina lavait le bébé dans le lavabo. L'assemblée avait quitté les lieux après un défilé de voisines chargées de présents confectionnés par leur soin. Cakes, gâteaux de semoule, paella, culottes, langes, vêtements de corps et couvertures pour bébé, tout y était. Et, bien sûr, elles avaient toutes quelque chose à dire. Certaines me témoignaient une insupportable pitié, me rappelant que Rafael ne toucherait jamais notre enfant. La plupart toutefois y allaient de leur charmant petit conseil, assorti d'un infaillible remède de grand-mère contre tel ou tel mal du nourrisson. D'autres s'inquiétaient déjà qu'on le baptise, tandis que certaines fantasmaient la venue chez nous de l'illustre grand-mère de l'enfant, « La Pepita ». En piaillant, se coupant la parole à tout va, elles me répertoriaient les garçons du quartier, mensurations, passé, taille du porte-monnaie, en m'enjoignant bien sûr d'en choisir un au plus vite pour m'aider à subvenir aux besoins du bébé. Puis pour tuer dans l'œuf le qu'en-dira-t-on, déjà qu'on n'est pas chez nous…

Avec leur langage fleuri, devenu un mélange d'espagnol et d'argot local au fil des ans passés en France, elles auraient même pu égayer des funérailles. Elles m'avaient protégée en m'aidant à dissimuler mon secret depuis six mois, et c'était si rare que cela méritait vraiment d'être salué. Le surnom des Espagnoles de la rue, c'était plutôt « les langues bien pendues » pour les locaux, et *los chismosos*, les commères, pour nous autres.

En entrant, André a posé un regard d'une immense tendresse sur le bébé, durant de longues minutes. Plus rien ne comptait que ces trois kilogrammes de vulnérabilité et d'amour, révélant malgré eux la fibre paternelle d'André, dans chaque geste, chaque expression. Puis il m'a regardée droit dans les yeux. Sans me laisser le choix, il a dit :

— Ce bébé a besoin d'un père et toi d'une épaule. Puis as-tu vraiment envie d'affronter le regard des gens, comme quand tu es arrivée ? Les bavardes du quartier parlent encore plus mal des mères célibataires que des immigrés, enfin Rita tu les as vues à l'œuvre, non ? Tu viens de passer six mois enfermée dans l'immeuble, tu dois redécouvrir le dehors maintenant, et avec ton enfant. Avec notre enfant. Je ne te laisserai pas vivre cela sans moi.

Le lendemain, le père d'André s'éteignait subitement d'une crise cardiaque. Il alla reconnaître ma fille à la mairie. *Mi pichoncita*, cet André, c'est ton grand-père. Enfin, ton grand-père, celui qui en est un merveilleux pour toi depuis toujours. Tu peux ouvrir l'enveloppe maintenant, c'est l'acte de naissance de mon premier enfant, la fille de Rafael, qu'André a élevée avec encore plus d'amour que si elle était la sienne.

Oui, *cariño*, le fruit de cet amour incommensurable et de ma tragédie qui ne finit pas si mal, c'est ta mère. Et elle n'en a jamais rien su. Dans ton sang et dans le sien, toute la force de l'Espagne bouillonne. Toi, tu le sens, le ressens, l'exprimes dans tout ce que tu es. Ta mère, elle, avait mis un couvercle sur la cocotte, et quand elle s'est mise à siffler, il était déjà trop tard.

Tu sais, quand tu étais dans son ventre, j'ai essayé de parler à ta mère. D'abord, très égoïstement, parce que c'était pour moi un sacré bouleversement de devenir grand-mère, presque autant que de devenir maman. Rends-toi compte, la vie te dit par là : « Tu as été fille, puis mère, maintenant en route pour ton ultime rôle : dernière étape, et ensuite bim, c'est le cimetière ! » Donc j'avais envie de m'alléger, et je prenais conscience du peu de temps qu'il me restait pour briser les non-dits. En vieillissant, tu apprends que les secrets de famille peuvent devenir des gangrènes, vicieuses et parfois indécelables. Ta mère a catégoriquement refusé d'en savoir plus et j'ai décidé de respecter son choix, même si garder ce cadavre dans le placard ne me semblait pas être la meilleure idée. J'y suis probablement allée trop lourdement, avec mes gros sabots, tu me connais, je lui ai peut-être fait peur. Pourtant, si ma mémoire ne me fait pas défaut, j'ai pris des chemins bien détournés pour me lancer :

— Tu dois te poser beaucoup de questions, ma fille, à l'idée que ton bébé arrive bientôt, non ? Moi, avant ta naissance, je me triturais le cerveau dans tous les sens, mes pensées étaient complètement désorganisées. Une seconde, je philosophais sur l'existence, la suivante, j'essayais de prévoir tout ce qui était pour le moins imprévisible dans le nouveau rôle que tu allais me donner. Définir le sens des choses devenait une priorité, et un flot de questions existentielles m'embrouillait l'esprit, au sujet du suicide de mes parents par exemple. Devais-je t'en parler ? Et si oui, quand ? À ta majorité ? Tout ça s'est fait naturellement en fin de compte, au rythme de tes questions d'enfant. Toi, tu penses qu'il faut révéler les secrets ?

Ta mère, si différente de moi, m'a répondu très calmement :

— Maman, un secret, c'est fait pour être tu, c'est son essence même. Le révéler, c'est rompre son existence, le faire partir en fumée, et là, la vengeance du secret peut devenir terrible, a-t-elle dit en me souriant. Moi, les secrets, je n'y touche pas. Je les laisse tranquilles dans leurs cachettes. Je t'assure, Maman, c'est mieux comme ça.

C'était difficile de me lancer après une demande de me taire aussi limpide. C'est parce que ta mère en a refusé la responsabilité que c'est toi qui deviens la détentrice de nos secrets et des clefs de la commode. À commencer par ce bout de papier qui à lui seul aurait été une révolution pour ta mère, puisqu'il est la preuve irréfutable que sa vie fut construite sur un mensonge. Y figure le nom de Rafael, ton grand-père biologique. Ce n'est pas un cadeau, c'est peut-être même un fardeau, mais tu as tant émis le désir de faire la lumière sur tes origines, et bien avant tes études de psycho, que je te dois bien ça, je crois. Comment dis-tu déjà ? Ah oui, savoir d'où l'on vient pour savoir où l'on va.

Rita

5

Le sac de graines

Les graines sont rangées dans l'un des sachets de dragées brodés à mon prénom que nous avions offerts aux invités le jour de mon baptême. Leonor l'a emporté à la demande de Maman quand nous sommes parties d'Espagne. Sacrée mission pour elle d'être responsable de ce trésor. C'est peut-être pour ça qu'elle m'en a définitivement confié la garde quand André et moi nous sommes installés ici. Pour se débarrasser de ce rôle de garant qui devait lui mettre une fichue pression. Dans ma commode, ces graines ne risquaient rien, moi j'étais sereine.

Si tu regardes au bout de notre terrain, le mûrier qui est à gauche des sept autres, c'est celui qu'André a planté peu après la naissance de ta mère. C'est le plus ancien, et pourtant, *mira*, il est moins charnu que les autres.

À chaque naissance dans la famille, juste après l'arrivée du nouveau-né, on donne au jeune papa une graine issue de ce sachet pour qu'il la plante avec soin. Ton mûrier à toi, c'est le cinquième. Il avait la main verte, ton père. Il est magnifique ton arbre, non ? Cette tradition n'appartient qu'à nous. On s'attelle à faire grandir la jeune pousse et à l'accompagner dans les moments les plus fragiles de sa croissance, en espérant que sa vigueur se répercutera sur la bonne santé de l'enfant qui lui a donné vie. C'est mon grand-père qui a instauré ça, car ces graines étaient la seule chose qu'on avait en nombre. Quand je regarde le jardin, je me dis qu'il a eu une idée ingénieuse. Si on n'a plus rien, en tout cas plus d'histoire, ou plus rien pour se la rappeler, ça compense de voir pousser sa vie. Constater son nouvel ancrage à travers l'enracinement et l'accroissement de ces arbres, c'est comme avoir un énorme poumon. Un qui fonctionne à plein gaz.

Ce spectacle est énergisant quand tout nous décourage. Aussi vivifiant que ma fille Cali. Sitôt le nez dehors, elle nous transperce le cœur de ses billes noires, exploratrices et décidées. La candeur des bébés, tu parles. Les éclairs que crachent les yeux sans fond de ta mère disent qu'elle scrute, décortique, analyse. Rien n'est naïf. Tout est intelligent. Souvent, elle fronce les sourcils, comme prise par une réflexion extrêmement sérieuse pour sa si petite caboche. C'est adorable. Et déstabilisant à la fois.

Ton grand-père s'investit dans les premiers soins à en défier les lois de la modernité. Seule Cali compte. Plus rien autour. Enfin si, son travail bien sûr, et André y trouve un grand apaisement autant qu'une source de revenus confortable. Ses yeux « rien que pour moi » ont disparu quand ces yeux « rien que pour elle » sont apparus. Et Dieu sait qu'en y repensant ils méritaient de nous faire perdre la tête. Amplement. D'ailleurs, tu as ses yeux, *cariño*.

Mais dans les traits marqués par le voyage à travers mes chairs de ta mère, je vois Rafael. Je vois ton grand-père aussi, comme si l'amour inconditionnel qu'il lui a voué dès son premier souffle l'avait déjà façonnée un peu « à la française ». Tout sera plus facile pour elle ainsi. Il faut juste laisser les dames blanches du quartier avaler que l'un des leurs a fauté avec l'une des nôtres, mais bon, une fois le choc passé… il reste que Cali est une demi-Française « par le père ». J'envisage que cette vie-là est possible, pour Cali, pour moi. Il y a si longtemps que ton grand-père me tend la main et me protège en silence que tout porte à croire que notre bonheur peut être là. Car oui, André n'est pas Rafael, mais je n'ai pas à le déplorer puisque Rafael est toujours là, à me tenir chaud. Différemment. C'est tout.

Parfois je me demande si André fait tout ça pour moi ou pour lui. Ta mère lui donne le rôle de sa vie, celui qu'il semble attendre depuis toujours. La mort du père d'André, quasi simultanée à l'arrivée de Cali, y est peut-être aussi pour quelque chose. Elle est devenue la vie qui prend la place d'une autre vie. J'imagine qu'André cohabite avec le fantôme de son père comme moi avec celui de Rafael. Est-ce pour cela qu'il ne me voit plus ? Il ne trouve plus assez de place pour moi dans son cœur. Son cœur est-il minuscule ? À peine ouvert à cet amour pour lui que je fais grandir comme les mûriers, ça, hélas c'est certain. J'ai assez d'énergie émotionnelle pour répondre aux attentes d'André, de Rafael, de Cali et des autres. Pas lui.

Crois-le ou pas, cet homme, qui me faisait la cour depuis si longtemps, se désintéresse de moi alors que notre vie commune ne fait que commencer. Et moi, tandis que je devrais me réjouir que ma fille ait la double attention qu'elle mérite, je m'éteins à petit feu. Je quitte l'immeuble assez vite après la naissance de Cali. Nous nous installons tous les trois dans une maison ouvrière, loin de ce centre-ville chéri où les immigrés colorent les rues et les marchés. Ma joie de vivre chute proportionnellement au nombre de mètres carrés gagnés. Comme André, je me focalise sur mon enfant et rien n'existe plus qu'elle, qui par chance me distribue des sourires au kilo. Quand nous sommes ensemble elle et moi, tout devient simple, serein. Rafael s'installe entre nous et me souffle son bonheur, sa fierté de voir quelle maman je suis devenue. Cali m'adoucit, c'est vrai. Je ressemble moins à ma mère, du coup. Elle est restée un chien fou jusqu'au bout, et la maternité n'y a rien changé. Pour preuve, son tout dernier choix.

Alors oui, si nous étions restées… Si nous étions restées nous serions mortes pendant la guerre, on nous aurait torturées ou tuées, nous accusant d'être porteuses du « gène rouge », puis nous aurions dû vivre côte à côte avec nos bourreaux sous prétexte que la guerre était finie. Le pire, c'est que ça perdure. Peu avant ta naissance, l'Espagne a déclaré une amnistie destinée à effacer l'ardoise de tous les criminels de guerre franquistes. Ceux qui serraient les dents depuis des années en espérant voir un jour la justice reconnaître les victimes de Franco, voir punir les meurtriers et tortionnaires qui appliquaient ses ordres, souvent avec une perverse délectation, continuent à vivre malgré ça. Quand je suis retournée en Espagne après la mort de Rafael, j'ai constaté que la rue de mon ancienne école avait été rebaptisée du nom du général qui avait mis la tête de mes parents à prix. Cette rue porte toujours ce nom aujourd'hui, n'est-ce pas complètement fou ? Oui, c'est comme ça que j'ai compris pleinement cette forme de guerre si spéciale que l'on appelait « la guerre civile ». Les perdants ne rentrent pas chez eux, pas plus que les gagnants, non non. Les gagnants, les perdants se les coltinent et les regardent silencieusement frimer dans leurs rues. Avec nos foutus caractères, ça aurait été invivable. Ma mère était frondeuse, Leonor plus discrète, mais ses convictions politiques et sociales prenaient autant de place dans sa philosophie de vie que ses fesses sur une chaise. En gros, toute la place. En tout cas jusqu'à la naissance de sa fille. Moi aussi, Cali m'a changée.

C'est vertigineux et merveilleux de sentir naître cela en soi. Donner la vie, c'est prendre un énorme pavé en pleine figure. Le plus beau pavé du monde, lancé du plus bel élan, du plus beau geste… mais en pleine figure tout de même. Notre conscience maternelle à Leonor et à moi, si tant est qu'un truc pareil existe, vient peut-être panser la plaie que nos parents ont laissée béante. Je sens que rien ne passera plus jamais avant ma fille, que son existence dictera désormais tous mes choix. Je ne suis pas comme mes parents. Ma liberté, c'est son bonheur. Mon plus grand rôle, c'est celui que Cali m'apprend heure après heure, jour après jour, et malheureusement nuit après nuit aussi. Parfois j'ai l'impression qu'elle appelle son père et que cela s'amplifie à mesure que la nuit s'enfonce dans le jour. On dirait qu'elle le cherche comme elle cherche mon sein, instinctivement, viscéralement. Je lui répète que je suis là, que son papa est là, mais je vois bien que ce petit animal a reniflé le manque d'une peau, d'une odeur, ou d'une voix, dans sa minuscule existence. Alors tandis que les étoiles apparaissent dans le ciel qui s'assombrit, son appel se met à ressembler à une plainte, presque un sanglot.

Je multiplie les gestes d'affection pour André. Pour elle aussi. Afin qu'elle voie que nous sommes une famille et qu'elle s'en rassure. Également parce que Cali a dix mois et qu'il est temps de construire notre histoire à nous, juste lui et moi. Plus les jours passent et plus mes sentiments pour lui grandissent, comme mon besoin de contact charnel. André ne semble pas se préoccuper d'un avenir amoureux mais simplement d'un futur familial. Mon impuissance à attirer son regard sur mes courbes me blesse au point de me rendre agressive. J'ai tellement besoin de sentir que nous sommes un couple d'amants et pas seulement de parents. Je lui mets peut-être trop de pression en essayant de me rapprocher de lui si outrageusement. Les questions et remises en question me bouffent. Mon jeune âge draine avec lui son besoin d'adrénaline et de passion. Ma personnalité aussi.

Avant que l'indifférence d'André ne me rende totalement hystérique, il me faut agir. Je pars en centre-ville avec ma pitchounette dans le dos pour demander conseil à Madrina. C'est vrai, je n'ai connu que Rafael et je n'ai pas eu besoin de faire le premier pas, nous avons volé accidentellement l'un vers l'autre, la *gasolina* de nos moteurs c'était le destin. Cette canaille de Madrina rit à gorge déployée en écoutant ma requête. Elle, avec les hommes, tout lui semble être un jeu d'enfant. Certes, ils ne font que passer, ne s'éternisent jamais jusqu'au petit jour, mais inviter un homme à partager un moment d'intimité, sans aucun doute, ça, elle sait faire ! Je ne rentrerai pas dans les détails car avec elle c'est trop gratiné pour être servi par une grand-mère à sa petite-fille, mais qu'est-ce que nous avons ri ! Je repars avec des dessous en soie blanche pile à ma taille qui datent de Mathusalem, et une certaine euphorie teintée de gêne. Je me sens un peu couillonne aussi, car le désintérêt d'André depuis l'arrivée de notre enfant ne présage rien de bon pour mes assauts sensuels à venir. Je prends les devants en m'allongeant près de lui comme chaque soir, mais le trac me fait oublier tous les conseils de Madrina et je me laisse aller à mon instinct, à mon désir.

Ce n'est pas si mal accueilli, pas si mal accompli non plus, enfin pour une toute première rencontre physique. C'est maladroit, peu rythmé, mais doux. Je retrouve des sensations familières, et cet état d'urgence qui manque aujourd'hui si cruellement à mes jours. J'aime son parfum, sa peau, je finirai par aimer tout le reste pour honorer le cadeau qu'il me fait en étant un père pour Cali. Si nos corps n'ont pas totalement trouvé le tempo de leur danse cette nuit-là, ils ont toutefois réussi à fusionner, en toute discrétion. Madrina dira devant toute la communauté, en apprenant que de ses conseils naîtrait neuf mois plus tard un petit être :

— Foutue Rita, dès qu'un homme la regarde un peu trop dans les yeux, elle tombe en cloque !

La voix de Madrina porte : j'ai l'impression, à compter de ce jour, que les hommes de l'immeuble baissent les yeux en me croisant. Elle aurait pu faire gober n'importe quoi à n'importe qui avec son impétueuse assurance. Quel morceau, celle-ci !

Je vis plutôt mal cette seconde grossesse. Depuis que nous avons déménagé, je me suis remise à fumer comme un pompier pour combler mon immense solitude. André exige que j'arrête, car un ami médecin qui a travaillé aux États-Unis lui a dit que cela pouvait être mauvais pour le bébé. Il ne me reste déjà pas grand-chose à faire dans mon trou une fois les corvées passées et la petite couchée, mais alors là… Le pas que j'ai fait vers André ne lui donne pas envie d'enclencher le suivant. Il travaille beaucoup et n'a d'yeux que pour Cali dès qu'il rentre. Mes hormones pétaradent dans tous les sens, rendant ce rejet insupportable. Quand je pose ma main sur la sienne, il la retire, l'air de rien. Quand je lui propose d'aller boire un verre tous les deux à la fête des vendanges, il refuse en prétextant qu'il est fatigué. Je me sens comme un trophée qu'on s'est battu pour gagner et qu'on ne dépoussière même plus depuis qu'il a trouvé une place sur l'étagère.

Mon impuissance me replonge dans le sentiment d'abandon que j'ai éprouvé en apprenant le choix de mes parents. Comme à l'époque, toute ma peine rejaillit en vrac. Des geysers de colère explosent sous la molle impulsion d'un détail anodin. Plus je me sens seule, plus les questions envahissent mon esprit. Et plus je pleure, plus il m'ignore. Je me sens idiote, laide, inexistante, dégoûtante… déboussolée que je suis par la privation d'amour qu'il m'inflige.

Je travaille un jour par semaine dans l'immeuble et Leonor garde Cali, qui tisse un lien très fort avec Meritxell, sa cousine germaine. Depuis qu'elle est sage-femme, elle a ses mercredis, elle récupère sa nuit du mardi. Quand je pense qu'elle enchaîne une journée entière avec nos deux terreurs en jupette après une nuit de garde, je suis admirative. Pas à dire, elle n'a peur de rien ma grande sœur. Sortir de chez moi me fait du bien, retrouver des murs aimants, rassurants aussi. Mes doigts de fée sont devenus malhabiles, même si j'ai toujours plaisir à coudre. Avant, je parvenais à m'oublier dans chacun des minuscules fils qui composent le tissu. J'étais l'un d'eux, je voyageais dans le tissage, à m'y fondre, à m'y perdre, pour ne pas penser et mettre tout ce que j'étais au bon accomplissement de mon ouvrage. Je ne sais plus m'abandonner, je suis verrouillée. Même rire un peu avec Madrina ou ma sœur n'y change rien, les larmes et les questionnements me noient et je ne parviens pas à m'extirper de cet ouragan qui m'aspire vers le sol.

Peut-être qu'André m'a fantasmée si fort que la réalité n'est pas à la hauteur. Peut-être que je ne mérite plus rien. Peut-être qu'avec Rafael, même en moins d'un an, j'ai eu bien plus que la moyenne des gens en une vie, et que maintenant je dois rembourser du bonheur pour être aussi malheureuse que les autres. Peut-être que Rafael était le seul capable d'aimer quelqu'un comme moi. Peut-être que je vais sécher dans ce mouroir avec comme seule force vitale mes enfants pour tenir debout le plus longtemps possible. Jusqu'à ce qu'ils s'en aillent eux aussi. Comme leur père en voyant qu'une femme comme moi demande un peu d'énergie et surtout beaucoup d'amour. Il aurait peut-être préféré une relation différente. Une femme qui se contente d'un rien. Une femme qui dit : « Un homme qui rentre tous les soirs, c'est déjà bien. » Avec moi, il est sacrément mal tombé, le pauvre.

Cinquante ans plus tard, je n'ai toujours pas de réponses à ces interrogations. Ton grand-père n'a pas la parole facile, tu le sais bien. D'ailleurs c'est pour ça qu'il danse. Au moins là, il en dit, des choses. Il le dessine avec son corps, ce sac de nœuds qui l'a fait passer à côté de sa vie et qui m'est resté incompréhensible. S'il n'avait pas eu la danse, il aurait implosé probablement, à toujours tout garder comme ça. Pire qu'un Espagnol. Au moins, nous, on communique, on exulte, même si on se détourne du fond, de nos fonds, par pudeur. On parle aussi un peu de soi en bavassant ou en s'insurgeant. Même sans le vouloir. Pas lui. On dirait qu'aucune conversation avec moi ne lui semble digne de gaspiller sa salive.

J'accouche un 11 janvier. Un sublime garçon, *fenomenal* ! Nous l'appelons Juan. André est si fier et heureux qu'en le regardant je me surprends à rêver que cet enfant sera le début de notre renouveau. Je rêve que son amour pour la femme que je suis finira par naître de celui qu'il éprouve pour la mère que je suis devenue. Cali a presque deux ans et se trouve fort excitée par l'arrivée de son petit frère. Une vraie petite maman. Elle en est insupportable. Ou bien c'est moi qui n'ai déjà plus beaucoup de patience. Juan pleure jour et nuit, refuse mon sein, et aucun des guérisseurs et médecins que nous voyons n'a de réponse à son chagrin. Je suis à bout de forces et de nerfs. La désunion entre André et moi atteint alors son paroxysme. J'ai tellement besoin de me blottir dans ses bras, et de sentir que nous sommes une famille dans ces moments difficiles. Quand j'en parle à André, il répond qu'avoir élevé Cali comme sa propre fille et m'avoir donné un autre enfant, c'est déjà être une famille. Mais moi, je parle de peau, de tendresse, d'écoute, d'échange. Pas de vivre côte à côte sans se voir.

Je me sens isolée et suis obsédée par ce qui cause tant de maux à mon enfant. André dit que j'exagère, que ce petit va bien, et que si nous avons eu de la chance avec Cali, en général c'est plutôt comme Juan les bébés, ça pleure et puis c'est tout. Moi, je ne peux pas avaler ça, je connais mon bébé depuis qu'il est arrivé dans mon ventre, et je pourrais le jurer, quelque chose ne va pas. Selon André, le lien fœtal, cette connexion physique que le père ne peut partager, n'est encore qu'une vue de mon esprit tordu.

J'annonce à André que j'emmène les enfants pour essayer de faire examiner Juan à Paris, dans un hôpital spécialisé dans les maladies infantiles. C'est Leonor qui a trouvé cet endroit. Je ne laisse pas le choix à André et ses arguments n'y changent rien. Je reste de marbre, campée sur ma position. J'espère qu'il dira : « Bien sûr, ma chérie, je pose un congé pour partir ensemble affronter cette épreuve... » Il n'en est rien.

Cali n'a même pas trois ans, mais elle s'affirme tout de suite face à ma décision, certaine de vouloir rester ici. Je lui explique que son papa travaille trop pour la garder. Elle se tait une seconde puis me supplie de la laisser aller chez Leonor, vivre avec sa chère cousine Meritxell pendant mon absence. Je cède. Son père est ravi qu'elle reste. Pas moi. Pourtant je pars.

Dans le train vers Paris, Juan semble aller déjà mieux. Je me dis que le voyage, le mouvement, il les a dans le sang comme moi. Je me raconte que c'est ce qui l'apaise. Et cela m'apaise.

Le contraste entre notre cauchemar et la beauté de la capitale est insupportable. Cette ville que j'ai tant rêvée, j'ai envie de lui casser la gueule de la voir se pavaner ainsi, faire étalage de son panache et de ses lumières avec une telle indifférence pour notre désarroi.

Le diagnostic est accablant. Nous ne pourrons pas rentrer à Narbonne avant plusieurs semaines. Juan a quatre mois et ses douleurs ont provoqué une hernie. Il va falloir l'opérer avant même de commencer des examens approfondis. Tout va atrocement vite. La seule chose positive est que Juan et moi, nous nous rencontrons enfin grâce au miracle des antidouleurs. Ce qui compte, c'est qu'ils mettent fin à ses terribles souffrances. Il est si heureux, si calme quand les médicaments font effet. La délivrance qu'ils lui procurent lui permet de se pencher plus longuement sur le monde qui l'entoure et c'est comme s'il naissait une seconde fois. Nos regards plongent l'un dans l'autre, prenant le temps de se découvrir dans une exploration sans fin. C'est à cela que nous passons presque tout notre temps entre les interventions, prises de température et autres examens. En le caressant, je lui raconte des histoires de fées invisibles qui virevoltent autour de nous, de fleurs et d'onguents magiques qui rendent plus fort que les baleines et les maladies. Depuis peu, par chance, la médecine reconnaît la nuisance de la séparation mère-enfant dans les processus de guérison, et j'ai l'autorisation de rester près de mon fils jour et nuit.

Les mois s'écoulent, et si les docteurs travaillent sans relâche à trouver la solution pour guérir Juan, le terme imprécis de tumeur maligne est la seule explication qu'ils nous donnent. Je sens bien qu'ils sont perplexes, et comme moi démunis face à ce qu'endure Juan. Les diverses tentatives de traitements ne fonctionnent pas sur mon fils, dont le petit corps s'affaiblit jour après jour à force de chimie et d'expérimentation. Je suis d'accord avec les médecins, on ne peut pas le laisser se débattre ainsi, nous devons tenter le tout pour le tout. Parfois je recule, je voudrais qu'ils arrêtent de l'abîmer pour le soulager, car ses sourires sont nombreux et sa force s'accroît. Cela me remplit d'espoir de constater que, même si son corps ne grandit pas, Juan s'éveille. L'allaitement, qui se passe mieux depuis qu'il n'a plus mal, ou en tout cas de façon moins permanente, se complique avec deux petits bouts de dents qui commencent à percer ses gencives.

— Aïe ! *No no no no mi amor*, même en me mordant ça ne coulera pas plus vite. Coquin !

On dirait que mes petits cris en réaction au pincement de ses quenottes le font rire. Alors j'en rajoute, je simule exagérément la surprise ou la douleur. Et il rit encore. Un tout petit peu de bonheur, dans le tout petit monde de l'hôpital, et la vie reprend sa légèreté et sa clémence un instant. Moi je me fous bien d'avoir les mamelons qui saignent, j'ai tant de plaisir à voir son appétit de moineau devenir celui d'un lion que je veux bien le laisser ruiner ma poitrine s'il le faut.

Ce week-end, André emmène Leonor, Meritxell et ma douce Cali nous voir à Paris. J'écris une longue lettre à Cali toutes les semaines. Bien sûr, elle est aussi dédiée à André, qui la lui lit. J'y glisse tout ce que j'ai de drôlerie, dans ces récits de notre vie à l'hôpital. Enfin, disons que je narre notre quotidien dans une version revue et corrigée pour enfant de deux ans et demi. Cali a besoin d'autre chose que de la violence de notre nouvelle réalité. André, lui, m'envoie un court message tous les lundis. C'est direct, efficace, des faits, point. Une liste de courses ou d'ingrédients pour une recette de cuisine contient plus d'émotion que chacune de ses missives. Passé la joie de lire que Cali est heureuse et pousse bien, une déception. Mais enfin, il sera bel et bien présent près de nous aujourd'hui.

Cela fait plus de trois mois que nous sommes partis, Juanito et moi. Dimanche, le docteur m'a dit que l'immunité de Juan était devenue extrêmement fragile et qu'aujourd'hui un simple rhume pourrait nous l'enlever pour toujours. J'ai répondu :

— Qu'à cela ne tienne, docteur, s'il le faut, il vivra dans un scaphandre jusqu'à ce que son système immunitaire se reconstruise ! Et en attendant que vous me trouviez le costume, personne ne s'approchera de lui à moins d'un mètre sans masque et sans avoir lavé ses mains deux fois devant moi ! Vous voyez docteur, même sans avoir fait dix ans d'études je vous en trouve, moi, des solutions !

Il m'a souri et m'a tendu une ordonnance avec deux boîtes de médicaments.

— Ça, c'est pour vous. Vous ne mangez rien, vous ne dormez jamais, Rita, il faut vous reposer. Mettre votre santé en danger ne résoudra pas le problème de Juan. Et puis il n'est pas le seul à avoir besoin de vous.

La porte d'entrée a grincé et la petite bouille d'amour de Cali est apparue. André est entré derrière elle et a foncé vers Juan pour le prendre dans ses bras. Cali a couru vers moi et nous sommes restées collées dans les bras l'une de l'autre en pleurant à chaudes larmes plusieurs minutes. Leonor et Meritxell se sont greffées à nous comme deux huîtres à leur rocher. Pour ma sœur, c'était une prouesse. L'affection, elle la donnait au compte-gouttes, comme les opiacés de Juan. J'avais peine à y croire, mais ils étaient là, pour baigner mon fils dans leur amour, pour le distraire, l'envelopper. C'était irréel, après tant de jours et de nuits sans eux, de les avoir tous ici.

Juan a attendu que la famille soit réunie autour de lui pour se laisser aller vers un monde nouveau où il n'aurait plus jamais à souffrir. Il était dans mes bras. Je ne pleurais plus. Je voulais qu'il ne voie que l'immensité de mon amour et de mon bonheur à l'avoir contre moi, pas celle de ma peine. Peine n'est pas le bon mot. Aucun mot ne convient à un tel chaos, à cette infinie misère, à cette colère vaine. C'est pour cela que mes larmes coulent encore à l'évocation de la plus grande tragédie de ma vie. Je n'en ai jamais reparlé depuis.

Au moment de la mise en terre, j'ai quitté les funérailles. C'était au-dessus de mes forces. Quelque chose m'a poussée à fuir. J'ai décidé sur un coup de tête, à la fin de la cérémonie, de partir retrouver Pepita à Toulouse. Elle seule comprendrait ce que je vivais. Elle aussi savait cette déchirure dans les entrailles de se voir voler la chair de sa chair. Elle ouvrirait ses bras et me caresserait pour que je pleure jusqu'à n'avoir plus de larmes. Elle me donnerait des petits noms réconfortants et la chaleur de son sein comme celui d'une mère. Elle seule trouverait les mots justes pour me redonner la force de tenir debout. Je me racontais que mon état serait un piètre spectacle pour ma fille, mais c'est bien pour moi que je suis partie. Pour me retrouver.

Je suis passée à la maison embrasser Cali, et la prévenir que je partais quelque temps. En ouvrant la porte, je l'ai découverte en train de jouer avec la voisine qui la gardait pendant l'enterrement. Elles riaient. Le tableau était si doux après cette journée abominable que j'ai respiré quelques secondes. Mais le souffle court qui caractérisait mes angoisses permanentes depuis la mort de Juan est aussitôt revenu. André avait refusé que Cali assiste aux funérailles. J'avais tout fait pour m'interposer. Même si elle ne comprenait pas vraiment ce qui était en train de se passer, elle avait le droit de dire un dernier au revoir à son petit frère, elle aussi. Chaque fois qu'elle me voyait craquer, elle me recrachait des mots qu'elle avait entendus de ma bouche, un peu transformés pour s'adapter à la situation.

— Ne t'inquiète pas Maman, Juan va revenir après, quand il se sera reposé un peu au ciel. On ne meurt vraiment que quand on est très vieux, qu'on a eu une belle vie bien remplie et qu'on est trop fatigué pour continuer. Donc lui, c'est sûr, il reviendra *Mamá*, promis ! Promis ?

Ce que je lui ai promis, c'est que moi je reviendrais dès que j'aurais retrouvé des forces, très très très bientôt, et elle m'a promis en retour d'être sage avec son papa et avec la *tía* Leonor. Sans même que je le lui suggère. Pour moi cascade de larmes, pour elle cascade de baisers, de caresses.

En face de nous, les mûriers étaient visités par les rayons du soleil et les rafales de vent. C'était joli. L'arbre de Cali était si jeune, si petit, si fragile. Pas elle. Quelle grande fille. Elle avait tout compris.

6

Le foulard bleu

Je sais bien qu'avoir conservé un foulard bleu, pour une porteuse du gène rouge, c'est une totale hérésie. Pourtant, ce bleu donnera sa couleur au reste de ma vie. Ce sera le bleu de ma liberté. De mes choix. De mes sacrifices. Des sacrifices que j'ai choisi de faire en hiérarchisant mes priorités. Parce que dès que j'ai porté ce foulard, j'ai fait un bond dans le temps. Je n'ai cessé d'apprendre et de comprendre, de pardonner, de grandir, tout le temps où il a enrubanné mon cou. Puis il s'est rendormi dans ce tiroir quand j'ai repris possession de ma vie en me libérant de quelques chaînes. Il m'encombrait quand j'ai voulu retrouver de l'air. Il entravait ma respiration. Le souvenir, c'est bien quand il te porte. S'il te ralentit ou même te fige, alors il faut le faire taire. Pas disparaître. Juste le faire taire, car, à chaque moment de ta vie, le souvenir peut avoir besoin que tu le réveilles pour laisser parler tes fantômes. Ils ont tant de choses à nous apprendre si on se penche un peu sur ce qu'ils nous ont laissé.

Je sais que tu vas le trouver « horriblement moche » ce foulard, j'en souris d'avance. Détends-toi *cariño*, je ne te demande pas de le porter, quoique si j'osais, sachant que tu ne pourrais rien me refuser vu les circonstances… Bon j'arrête de te taquiner, contente-toi d'écouter ce qu'il veut te raconter, ce foulard.

Je suis en train de grimper dans le bus lorsque je sens une main d'une violence inouïe attraper mon bras et stopper ma marche. C'est ma sœur Leonor. Elle a dû trouver ma lettre. Carmen se tient derrière elle, les bras croisés. Sourcils en colère, deux mères fouettardes venues me ramener dans les flammes de mon enfer.

— Descends, m'ordonne Leonor.

Je m'exécute tout en les défiant du regard. Mais qu'est-ce qu'elles croient, mesdames les juges, que c'est une décision confortable pour moi ? Je ne compte pas me laisser marcher sur les pieds. C'est facile, pour elles. Elles forment une famille, avec un mari qui est un ciment et se bat pour ne pas laisser les rancœurs s'inviter dans leur maison. Un abcès au sein de la cellule familiale ? *Tío* Roberto le crève avant qu'il ne soit visible. Et Dieu sait que Leonor n'est pas facile à dompter, voire aussi verrouillée qu'André face à la déconvenue. Par amour, Roberto a déniché toutes les clefs du trousseau émotionnel de ma sœur, chacune ayant pour fonction d'accueillir une peine et de la partager pour l'amenuiser. Moi, je suis toute seule, avec un morceau manquant, comme amputée d'une jambe, et André n'a que faire d'être ma béquille, même dans une telle torpeur.

— Tu ne peux pas partir, me dit Leonor avec une surprenante douceur.

Je suis tellement habituée à l'entendre me sermonner que je n'arrive pas à me faire à l'idée que la maladie et la mort de Juan l'ont rendue plus aimante avec moi. Plus tolérante en tout cas. Le bus redémarre sous mes yeux.

— Tu ne peux pas laisser Cali. Elle a besoin de toi. Et puis ça devient trop compliqué pour nous de la garder depuis que Roberto a perdu son travail. Il part vendanger le beaujolais pour au moins un mois, je vais même mettre Carmen en pension pour pouvoir faire un maximum d'heures à l'hôpital, alors que veux-tu que je fasse de la petite avec tout ça ?

— Il faudra bien que Meritxell soit quelque part le soir entre la fin de l'école et ton retour à la maison, que Cali soit avec elle ne changera pas grand-chose. André viendra la chercher chaque soir avant le dîner et l'emmènera à l'école le matin. Tu n'auras qu'à trouver quelqu'un pour les récupérer à la sortie des classes et les garder. Je paierai. Prends ce qu'il y a dans la Vierge noire dans ma chambre, elle s'ouvre par en dessous, cela devrait suffire jusqu'à mon retour. Je t'en prie, Leonor, fais-le pour moi. Je vais devenir folle si je reste. Je n'abandonne pas, je me donne les moyens d'être plus forte. Je vais chez Pepita à Toulouse, j'ai besoin de respirer et d'apaiser ma colère. André ne bougera pas un cil pour me réconforter, il a choisi l'isolement. Je ne peux pas affronter tout cela maintenant. Pas plus que le regard des gens qui me rappelle en permanence la perte de Juan.

À la fin de ma dernière phrase, Leonor se met à courir derrière le bus en agitant les bras comme une folle pour qu'il s'arrête. Ce qu'il fait. Elle me hurle :

— *¡ Corre ! Corre !*

J'embrasse Carmen précipitamment. Leonor me fait signe de me dépêcher quand, une fois à son niveau, je ralentis pour l'embrasser. Alors je cours. Je voudrais courir jusqu'à en mourir. Je voudrais que le chemin entre ce bus et moi s'allonge au fil de ma course, pour que l'épuisement me tue avant que la route s'achève. Je voudrais disparaître, ou mieux, ne pas avoir existé du tout. Je voudrais qu'aucun futur ne m'attende plus jamais. Mais Cali est le cadenas qui fait de mon piège une forteresse. Pour elle, je reviendrai vers cette vie que je déteste de fond en comble et sur laquelle je n'ai plus aucune prise ; pour elle, j'affronterai le souvenir et je n'en ferai rejaillir que le beau ; pour elle, je ne m'éloignerai pas de son papa chéri ; pour elle, je n'ai pas le droit. Même si je refuse de voir mon enfant comme la cause de mon emprisonnement, c'est une des raisons pour lesquelles je m'éloigne. Pour retrouver une liberté ou au moins sa sensation, pour que Pepita me rappelle que tout est possible. Me persuader que je reviendrai m'ôte un peu de cette culpabilité écrasante mais j'ai du mal à m'en convaincre totalement. J'y crois juste assez pour tout quitter sans date de retour. Juste assez pour ne pas changer d'avis. Mais pas assez pour ne pas noyer de larmes les autres passagers de ce bocal sur roues que mon chagrin remplit à vue d'œil.

On meurt de chaud dans ce bus. Il a fallu qu'on arrive quasiment au bout du voyage pour que j'en prenne conscience, absorbée que j'étais par ma peine. Tant mieux. Le bus s'arrête à la gare routière. Au bout de celle-ci, la gare ferroviaire où ma vie a changé pour toujours. Dans mon champ de vision, la terrasse où Rafael m'est apparu pour la première fois. J'ai l'impression de me voir en train de me relever face à lui, de le regarder traverser la rue et que tout va recommencer. Je rêve que, comme on connaît désormais l'histoire, on pourra peut-être en changer la fin. C'est un voyage dans le temps, cette arrivée. Un rembobinage de quatre années et l'espoir de reprendre la vie là où elle a commencé avec Rafael. D'ailleurs, même si on ne peut pas changer le dénouement, je veux revivre chacun de ces instants, et au ralenti, pour en profiter davantage. *Je veux je veux je veux*. C'est presque une incantation, cette expression d'un désir si intense dans ma tête. Mais si ma magie de pacotille n'a pas fonctionné à l'époque pour faire revenir mes parents, il n'y a aucune raison qu'elle fonctionne aujourd'hui pour Rafael.

Je parcours de nouveau le chemin que nous avions fait tous les deux le jour de notre rencontre, me cognant aux passants quand je ferme les yeux pour que le fantôme de Rafael, disparu peu après la naissance de Juan, revienne me prendre la main. Il est court, ce chemin, comparé à mon souvenir. Je suis devant chez Pepita. Avant même de frapper, dans ma tête je peux déjà entendre sa voix qui hurle depuis le fond de l'appartement : « *¿ Quién eeeeeeees ?* », et cette pensée m'arrache un demi-sourire. Mais c'est Ullrich qui ouvre la porte. Nous nous tombons dans les bras. Il a vieilli, c'est troublant. À quoi ressemblerait Rafael aujourd'hui ? Paraîtrait-il lui aussi usé de trop de combats vains ?

La voix de Pepita ne vient pas. Cela m'angoisse. Je me rends compte qu'elle n'a jamais vu Cali. Mais c'est comme si elle la connaissait déjà avec toutes les questions qu'elle pose sur elle dans chacune de ses lettres. Et je ne manque pas d'y répondre. Le lien épistolaire que nous n'avons jamais rompu m'a souvent été d'un grand secours. Maintenant que la guerre souterraine s'essouffle, Pepita pourra probablement rattraper le temps perdu avec Cali. Comme elle va être fière de la rencontrer, car elle est encore plus extraordinaire que dans les descriptions déjà flatteuses que je peux en faire dans mes missives. Il faut la voir et l'entendre parler comme une petite femme pour comprendre la finesse du personnage. On dirait qu'elle n'a pris que le meilleur de ses deux pères. Elle est avenante, joviale, créative et rusée. Elle est minutieuse, mesurée et raisonnable. Mon dernier échange par courrier avec Pepita date de plus de deux mois et dans ma hâte je n'ai pas eu le temps de la prévenir de mon arrivée. Pourvu qu'elle soit là…

Ullrich me demande si je suis au courant pour Pepita. Mon cœur se serre. Elle apparaît enfin et en avançant vers moi me fait quelques signes avec les mains dont je ne saisis pas vraiment le sens. Elle me serre vigoureusement dans ses bras. Son énergie m'épate une nouvelle fois. Elle n'a presque pas l'air étonnée de me voir. Tandis que je commence à m'interroger sur son mutisme, que je la mitraille de questions, elle s'échappe un instant pour revenir avec une ardoise et une craie. Elle écrit : « Juan ? » Je tente un sobre non de la tête qui pourrait tout dire mais me voilà submergée. Heureusement que les caresses de Pepita parlent autant que ses mots qui, là, dans ses bras, ne me manquent plus. Pepita est la seule dans mon monde à savoir le chaos de perdre un fils. Elle sait l'infini de la détresse intérieure, le manque viscéral, l'anéantissement des forces et l'envie de mourir, la culpabilité, le regard des autres et le souvenir. Ullrich rompt cet étrange et humide silence.

— La dernière phrase qu'elle a prononcée est celle qu'elle m'a adressée à la mort de Rafael. Elle voulait m'empêcher de t'annoncer les circonstances de sa perte. Depuis, Pepita a perdu l'usage de la parole, *cariño*. Totalement.

Pepita fixe le sol. Elle retient ses larmes. Je cherche à lire que j'ai mal compris dans ses yeux vitreux. Ils ne me le confirment pas. Ils ont l'air désolé.

— Mais tu la connais, ça ne l'empêche pas d'en sortir des vertes et des pas mûres, dit-il en souriant tandis que Pepita, en réponse, lui assène maternellement un coup sur le crâne et retrouve son sourire carnassier. Tigresse un jour, tigresse toujours, s'amuse Ullrich.

Un second bing vient résonner sur sa tête. Il rit, se reconcentrant assez vite. Je sens bien qu'il veut me dire quelque chose.

— Elle cherchait à te protéger tu sais, ajoute-t-il.

Tout à coup la rage embrase le regard de Pepita. Comme jamais je ne l'ai vu auparavant. Le visage de Rafael se dessine au fond de ses pupilles, et tout ce sang versé pour rien change leur couleur. J'essaie de l'apaiser en lui avouant que j'ai appris très vite ce que l'on avait fait à Rafael.

— Pepita, je sais. Je veux dire… les détails. C'est bon *mamá*, je sais depuis longtemps.

Changer de sujet, vite, changer de sujet, me dis-je.

— Les gens parlent de toi Pepitita, tu es devenue un symbole de la résistance. Je ne me rendais pas compte, je l'ai réalisé en rentrant à Narbonne. Rafael aussi compte pour notre peuple perdu aujourd'hui. Il s'est sacrifié et personne ne l'oubliera.

Je me sens obligée de meubler, j'en fais trop bien sûr, et Ullrich sent mon désarroi. Il me raconte comment Pepita a appris la langue des signes avec la muette qui garde le cimetière, en échange du couvert quotidien. Pepita le coupe sans arrêt avec des gestes qui ne me parlent pas. J'opine régulièrement d'un air entendu pour ne pas la blesser, mais je dissimule mal.

— *La muda* partie, Pepita a replongé dans le silence. Le dévoué Ullrich s'est donc sacrifié pour apprendre les bases et qu'elle ait quelqu'un à fatiguer avec ses histoires, dit-il avec malice.

Bim ! Troisième tape sur le coin du crâne. Je souris.

— Bon allez, je m'étais promis qu'aujourd'hui, au troisième calbot, j'irais bosser ! Le compte est bon. Venez dîner à la communauté ce soir, tout le monde sera si heureux de te voir Rita. Toi aussi Pepita. Enfin ils seront contents de te voir si tu viens avec tes *mantecados*, dit Ullrich.

Quatrième calbot sur la caboche. Cette fois le coup est suivi d'un bisou appuyé sur la joue d'Ullrich. Comme ceux qu'elle donnait à Rafael. Ou à moi. Comme ceux que je donne à Cali.

— *¡ Adiós palomas !* Je vous attends ce soir.

Quand Ullrich sort, nous nous retrouvons comme deux ronds de flan. Cela me rappelle mon premier jour d'école. Qu'il est lourd le silence quand on n'a pas d'outil pour l'anéantir. Nous parlons avec des caresses. Je vois traîner un élastique alors je me mets à lui faire une jolie natte, puis je lime ses ongles. Je repense aux soins que je prodiguais à Juan il y a encore une semaine. Sans les mots, on peut se dire tellement de choses. Elle se laisse faire, me regarde comme si elle regardait son fils, chaque centimètre carré de mon être passé au peigne fin. Comme si elle avait peur que je disparaisse et de ne pas se souvenir. J'étais pareille avec Juan. Ils me bassinaient tous avec ma fatigue, avec mon sommeil… Moi je voulais profiter de chaque seconde contre sa peau. Comme si je savais ce qui nous attendait.

Je demande à Pepita de m'enseigner un peu de son nouveau langage. C'est très beau. Elle trouve que j'apprends vite. C'est vrai qu'on a présupposé chez moi un don pour les langues vu la fulgurance avec laquelle j'ai appris le français.

Je suis en train de masser les épaules nouées de Pepita quand je note une forme d'impatience dans sa façon de bouger ses pieds. Depuis la veille déjà je vois qu'elle trépigne.

— Il y a quelque chose qui te tracasse *mamá* ?

Elle se redresse d'un bond et prend son ardoise dans le placard. « Venge-moi. Venge-nous. Retourne à Madrid. Trouve le meurtrier de Rafael et tue-le. »

Elle s'arrête net pour fondre en larmes. Je reste sonnée, à lire et relire ses mots. Je la prends dans mes bras. Elle me repousse, reprend l'ardoise, efface pour réécrire. « *Por favor cariño.* » Sa survie en dépend. Je comprends. Rester ici sans agir en sachant que celui qui a tué son enfant mène sa petite vie bien tranquille, à l'abri, dans les rues de Madrid… C'est un coup à finir muette.

Ne pas trouver les mots justes pour la consoler est plus douloureux qu'avoir la bouche remplie de braises ardentes. Envisager un instant d'obéir à Pepita me donne la rage de goûter à l'adrénaline du combat. Toute ma haine se réunit en une boule de feu qui fait croître en moi une force démentielle. Je redescends vite, m'éloignant de la fureur contagieuse de Pepita, consciente que cette histoire est une folie et qu'un mort de plus n'y changera rien. Je ne serai pas non plus celle qui anéantira ses derniers espoirs. Je refuse. Plutôt protéger. Encore. Mal. Encore.

Je prends l'ardoise car je n'ai pas le courage de mentir à voix haute, puis cela se verrait comme le nez au milieu de la figure. « *Mamita*, je vais le faire. »

Pepita s'est enfermée dans son obsession de vengeance depuis qu'elle a appris le nom du meurtrier de son fils. Certains jours, nous ne partageons que l'apprentissage de sa nouvelle langue, comme pour nous reposer. Les quiproquos de mes essais ratés amusent Pepita qui écrit en riant sur son ardoise : « Non là tu n'as pas dit je suis affamée, tu as dit j'ai très envie de cul. »

Rien ne ressemble à ce que j'étais venue chercher, mais cela me convient. L'amour que je ne trouve plus dans ses paroles se lit dans son regard. Ce regard qui dit aussi : tu es exceptionnelle, ne laisse jamais personne t'en faire douter. C'est toujours plus que ce que donnait André. Toujours moins fatigant que de se vêtir d'un bonheur de façade pour Cali. Parfois, je parle sans arrêt, fuyant ce silence de plomb.

— Tu vois Pepita, le monde est passé à côté de quelque chose. Imagine, si dès le départ l'humanité avait adopté un langage universel comme celui des sourds-muets ! Regarde à quel point cela aurait changé notre vie et celle de tous les gens comme nous. Ceux qui ont quitté leur mère-patrie contre leur gré, je veux dire. Arrivés en France, on aurait pu s'expliquer, leur raconter ce qui se passait chez nous et nous a forcés à nous installer chez eux. Plutôt que de rester prostrés, à s'excuser d'être là, alors qu'on essayait simplement de ne pas mourir !

Pepita me prend la main, dépose un baiser à l'intérieur. Elle me tend un foulard bleu et sort de son décolleté un flacon transparent de la taille de mon petit doigt, fermé par un bouchon de liège. Un frisson me parcourt l'échine. Je suis là depuis cinq jours et nous n'avons pas reparlé de cette promesse de vengeance. Je suis prête à renoncer autant qu'à partir pour Madrid sur-le-champ. Tantôt j'imagine Rafael et mes parents, fiers, dans l'attente de mon geste. Tantôt je suis tétanisée à l'idée de vivre en ayant donné et enlevé la vie. Mais Rafael et mes parents méritent au moins ça, putain de Dieu ! Et si les franquistes étaient dotés d'un radar à « gène rouge » qui leur permettait d'avoir sans cesse une longueur d'avance sur nous ? Pepita est certaine que nous pouvons y arriver. Mais comment ? Tout cela n'est pas dit dans les échanges avec son neveu qui m'attendra là-bas et me reconnaîtra à mon foulard. Rafael aurait voulu que je monte dans ce train, mais pour me retrouver, pas pour le venger. Voilà ce qu'il aurait aimé que je fasse.

Je ressens une immense peine en reprenant mes esprits. Je me vois là, recueillant tous les espoirs de cette femme si vulnérable, dépouillée de son verbe. Tous ses espoirs concentrés dans une fiole de poison. Je ne peux pas m'empêcher de la trouver pathétique, cette machination. Elle ne nous ramènera ni Rafael ni les autres. Pourtant, je comprends son besoin de faire corps face à l'ennemi. C'est le seul honneur que nous pouvons rendre à nos morts.

Mais ma chère Pepita a un peu perdu l'esprit et il faut que je me protège de cette folie. En devenant le miroir de tout ce à quoi je ne dois pas me laisser aller, elle m'a aidée une dernière fois.

Je me sens orpheline, encore.

Le foulard noué en poignet de force me donnera peut-être le courage.

7

Le billet de train

Reprendre le train vers l'Espagne déroule le fil de mon histoire à l'envers. Avec des ellipses sur les épisodes les plus vénéneux. De longues pauses sur les périodes les plus belles. Rafael… Penser à lui me redonne des sensations physiques. Dans ce tourbillon d'années passé à mettre Cali sur ses deux pattes et à faire face à la maladie de Juan, j'ai oublié que j'étais une femme et mon corps un merveilleux outil pour expier et retrouver de la confiance. Pourtant, grâce à la délicatesse de Rafael, je m'étais révélée dans la sensualité, j'y avais construit ma liberté et puisé mon énergie.

Je ne lève pas les yeux de mes genoux pendant toute la traversée des Pyrénées. Ce voyage en pensées érotiques rend le trajet plus doux. J'entends les annonces des arrêts tant redoutés comme dans un rêve. La voix de Pepita s'y mêle, disparaissant au fur et à mesure du parcours, comme un enfant défait un à un ses doigts de la bouée avant de se laisser aller seul dans le grand bain. Elle ne me sauvera pas, Pepita. Et lui faire croire que son fils est vengé ne la sauvera pas non plus. C'est savoir que son fils ne reviendra jamais qui l'achève. Je ne le sais que trop. Ça, et le fait que son propre engagement a forgé la vocation de Rafael et l'a mené là où il est. Un poids si lourd à porter… Comprendre d'où je viens me sauvera peut-être, moi ; rencontrer des personnes qui pourraient m'en dire plus sur mon histoire m'y aidera sûrement.

C'est mon deuxième retour, et le premier a déjà anéanti tout espoir d'être adoptée. J'ai depuis longtemps fait le deuil d'être l'une des leurs. Je suis plus sereine cette fois à l'idée de retrouver l'Espagne. Je compte bien profiter de tout ce qu'elle a à offrir et qui résonne si vivement en moi, sans la pression d'avoir à me faire accepter. Je n'ai plus rien à perdre. Pepita m'a donné de la force. Je ne veux pas finir enfermée dans l'amertume et le mutisme comme elle. Je ne veux pas que la folie m'aspire et que la gnôle me consume comme elle.

Les kilomètres s'accumulant, la vengeance de Pepita glisse de mes mains. Mais la revanche de Juan, elle, reste au creux de mes paumes ; et cette revanche, c'est de bouffer cette putain de vie pour lui. Je souris.

Pour que Juan me voie. Dans l'espoir que cela l'emplisse de joie de voir sa maman continuer.

Je change de train à Barcelone. Bon Dieu que j'aimais cette gare… Elle m'a raconté que tout était possible avant de m'emmener loin de ceux que j'aimais.

À Madrid, le cousin de Rafael, Maisel, m'attend sur le quai. Leur ressemblance me cloue sur place. Il est sauvage, comme lui. Sa démarche est assurée, son corps charpenté. De longues boucles noires lui dévorent le visage et la nuque. Est-il vraiment assez fou pour vouloir aller au bout de la *locura* de Pepita ? Ça m'étonnerait. Il la protège certainement, comme moi, et s'il est là, c'est sans doute par devoir familial. Sa chemise est entrouverte sur une médaille de sainte Rita, la patronne des musiciens. Je pense alors que je suis au bon endroit au bon moment, c'est idiot. J'aime ces signes qui donnent l'impression qu'un moment banal pourrait être un moment qui compte, un moment charnière. Du coup, j'en invente souvent. Mais cette médaille est bien réelle et ce hasard-là dessine tout de même un joli présage.

Dès qu'il se met à parler, toutefois, le charme se rompt. Il est moins élégant. Moins poétique que Rafael. Pourtant, quelque chose me séduit. La sensation de lui plaire dès qu'il me voit ? Sa violente masculinité qui me donne d'emblée l'impression d'être protégée ? Ou le reste… Dans sa façon de gonfler discrètement les pectoraux en rentrant le ventre, je lis une fragilité qui m'amuse. Le stigmate d'une adolescence ratée ? Un besoin de se rassurer sur sa virilité ? Il y a là quelque chose d'enfantin qui donne de l'épaisseur à ce jeune homme d'aspect plutôt rustre. Ça me touche.

Maisel va me loger. Trois mois seulement, car ensuite son épouse rentre de France avec ses enfants. La misère s'abat toujours sur l'Espagne, mais les cœurs ont retrouvé un peu de légèreté. Je me sens bien dès ma première balade. Pas tout à fait chez moi, mais presque. Ici, les gens semblent me trouver jolie, un charme exotique du fait de mon léger accent français. La boîte à souvenirs charnels que j'ai rouverte sur le chemin m'a peut-être emplie d'une énergie plus attractive. Ce voyage intérieur a sans doute mis du rose sur mes joues et me donne bonne mine.

Je rentre tard le premier soir. Je me perds dans les rues de la cité à la recherche d'une attention, d'un sourire. C'est si bon. Je n'ai plus la responsabilité d'un enfant, plus d'André qui ne m'aime pas, plus de Leonor ou de Madrina pour me juger ou me contrôler, plus à porter le poids du regard rageur et suppliant de Pepita, ni celui de la fausse promesse que je lui ai faite.

Je bois deux verres à une terrasse ce soir-là et plusieurs hommes viennent me parler. Je n'en reviens pas. Le désintérêt d'André à mon égard m'avait persuadée que je ne valais rien. Au point de me donner le courage de partir. Je n'avais même plus confiance en ma capacité à être mère. Je dois avouer que ces deux verres, pour la piètre leveuse de coude que j'étais, m'ont sacrément amochée. Par chance, j'arrive à faire bonne figure devant Maisel.

Cela dit, il n'a pas l'air bien frais lui non plus. Je lui propose de faire à manger, il hoche à peine la tête pour acquiescer. J'ai dû mettre des bougies partout dans la cuisine pour y voir quelque chose. Si Maisel a une bonbonne de gaz, l'électricité, elle, n'est pas dans ses moyens. Toutes fenêtres ouvertes, nous récupérons un peu de la lueur des lampadaires de la rue, mais pour cuisiner c'est insuffisant. Je le trouve beau, transpirant dans cette lumière. Évidemment, ce n'est pas le sujet, alors je chasse cette idée et reste concentrée sur mes épluchures de pommes de terre. Je sens que Maisel me regarde et je ne voudrais pas que mes idées déplacées se lisent sur mon visage. Je me sens vivante. Mais sans personne pour venir se saisir de cette force, pourtant capable, je le sais, de transformer la ferraille en or. Je rêve éveillée, le nez sur mes épluchures, quand Maisel m'extirpe de mon doux monde onirique.

— Je comprends que tu aies plu à mon cousin.

Je suis surprise, alors je ne pipe pas mot, attendant une suite qui peine à venir.

— Oui quoi, chez nous, en général, désirable et discrète, ça ne va pas ensemble. Toi, tu as un peu de tout. Un peu de toutes les femmes, enfin, un peu de ce qui rend fou et un peu de ce qui stabilise.

Comme je ne sais pas recevoir les compliments et que je me sens rougir, mon mécanisme de défense s'enclenche :

— Qu'est-ce que tu en sais ? On se connaît depuis sept heures…

— Je sais, c'est tout. Tu veux un verre de vin ?

— Oui.

De l'électricité vient tendre nos échanges et vide la pièce de son oxygène. Le vin n'arrange rien. C'est la première fois que mon corps, mon cœur et ma tête ne sont pas d'accord, et ce n'est même pas bizarre. Plus je sens Maisel réprimer son désir naissant, plus je me sens vivante. Comme Pinocchio, je deviens une vraie femme, de chair et d'os, après n'avoir été qu'un vulgaire morceau de bois traité comme tel.

Après deux verres de plus, je ne sais plus très bien ce que je cuisine, d'ailleurs je m'en moque. Je me vois rire plus volontiers aux mots de Maisel, lâcher prise enfin, pour être dans l'ivresse d'un instant qui n'a plus ni hier ni demain. Maisel passe derrière moi, accroche tout à coup ses mains sur mes hanches et les pétrit de toute sa poigne. Je me fige. Je ne le repousse pas. Il remonte jusqu'à mes seins. Mon souffle se raccourcit, se fait plus haletant. Je ne le touche pas. Je suis une poupée, mais pas de chiffon, pas avachie, non, plutôt discrètement offerte. Mes mains sont sages comme des images alors que tout mon épiderme attend la suite. Il se colle à moi et à travers nos vêtements je peux sentir son sexe en érection contre mes fesses. Il parle crûment. Rafael disait qu'il avait envie de moi, Maisel dit qu'il a envie de me baiser. Un autre niveau de délicatesse. Pourtant, cela fonctionne. Je m'abandonne. Il me soulève pour m'asseoir sur la table, enlève ma culotte et colle sa bouche sur mon sexe déjà suant d'excitation. Il dit : « Je veux te voir jouir. » Cela va très vite, c'est bestial, mais maîtrisé. Cette brutalité contrôlée est nouvelle pour moi, mais j'aime le sentiment de sécurité qu'elle provoque. Je suis à l'aise dans cette soumission.

Ce qui me rassure, c'est que Maisel semble vouloir se nourrir de mon plaisir. Son envie de me voir m'abandonner lui donne de l'envergure. Il a déchiffré mon besoin si peu de temps après que j'ai moi-même réussi à l'identifier qu'il me paraît plus profond, plus intuitif. Ma jouissance s'avérera souvent le moteur de la sienne, et je me persuaderai que c'est parce qu'il s'intéresse à moi.

Une semaine que je suis là et nous n'avons même pas évoqué l'objet de ma venue. Nous ne faisons que « baiser », comme dit Maisel. J'aime ce mot, qui me fait me sentir parfois tel un simple bout de viande à la merci de son prédateur. Nous ne nous embrassons pas, sauf pendant l'acte. Il part, il revient, je ne pose pas de questions. Il m'attaque, je me soumets, parfois avec délectation, parfois contrainte par mon besoin d'avoir des bras autour de moi.

Quand j'ai terminé les corvées de la maison, je déambule dans les rues jusqu'à ce que mes jambes ne me portent plus. Je ne pense pas. Je regarde le monde autour. Et m'oublie dans cette méditation en mouvement. Pour moi comme pour beaucoup d'immigrés, qui ne sont ni d'ici ni de là-bas, le voyage est une autre résidence, comme la langue est une maison. Le mouvement, chez moi, est un ancrage. Entendre et parler espagnol en revanche, c'est fredonner l'air de ma première berceuse. C'est redevenir l'enfant que j'ai été, c'est être au plus près de ce que je suis. Avant que la vie ne m'esquinte.

J'aimerais tomber amoureuse de Maisel, juste pour me sentir pleine une nouvelle fois. Mais cela n'arrivera pas, je le sais. Depuis quelques jours déjà, mon corps qui reprend la parole me rappelle qu'il fut aussi un berceau, et le besoin de toucher de nouveau la peau de ma petite Cali se réveille. L'énergie qui m'habite depuis que j'ai fait réapparaître le fantôme de Rafael n'a d'autre dessein que de rentrer se dédier à ma fille.

Maisel est étrange ce matin. Je suis au lavoir en face de sa maison, il vient vers moi et cela m'inquiète. Un cortège funèbre arrive silencieusement derrière lui. Il a l'air sans fin. Maisel me trouble tant qu'en le voyant si joyeusement sombre mon corps s'alarme et mon cœur le suivrait presque.

Je lui demande ce qui se passe. Il me montre du doigt le défilé au loin et me fait m'asseoir. Il m'apprend que la fille aînée du général qui a assassiné Rafael est dans ce cercueil, qu'elle a été tuée par un dissident. Violée et tuée. Lundi. Il entre dans les détails et on dirait qu'il y prend du plaisir. Le voir ainsi m'effraie. Atteindre le général en torturant une adolescente ne lui pose aucun problème. Il dit que Pepita sera heureuse, mais qu'il faudra quand même inventer une histoire pour qu'elle pense que c'est nous qui l'avons vengée.

J'ai déjà si peu de repères que tout à coup cette violence venant des miens me fait perdre pied. J'ai été tellement naïve... Je pense à ma mère répétant que nous, nous étions les gentils. Je ne connaissais que deux cases. Bons. Méchants. Et c'est un étranger, un bellâtre qui, sans poésie ni distance, me jette cette vérité en pleine figure. Les miens peuvent sacrifier des innocents sur l'autel de la vengeance.

J'ai envie de mourir. Encore. Je cherche une porte de sortie mais tout est sombre. Je regarde ce cortège partir telle une armée de scorpions vidés de leur venin. Cela ne soulage pas ma peine. Au contraire. Je suis perdue. Je voudrais que Cali n'ait jamais à connaître ce monde, je me réjouis que Juan n'ait pas eu à s'y confronter. Je me demande si mes parents ont tué eux aussi.

Je ne serai pas de ceux-là. Je décide que, pour le restant de ma vie, un être humain sera toujours un être humain que je traiterai en tant que tel. Et l'être qui a le plus besoin de moi, celui dont le bonheur sera mon plus grand combat, je sais pertinemment où le chercher.

Je pars demain retrouver ma fille. Elle est la seule en qui je peux avoir confiance. La seule qui me donnera envie d'avancer. Les autres sont tous devenus fous.

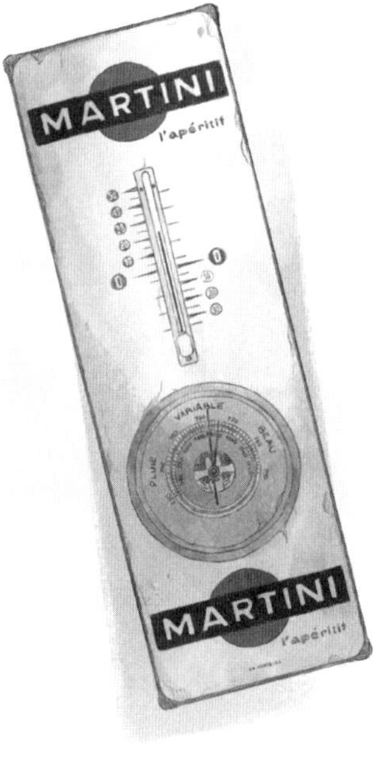

8

Le baromètre

Le baromètre en émail cloué à la façade de la maison se casse la gueule. Comme moi. On dirait qu'il a essayé de s'extirper de ces murs trop peu solides pour lui. Il ne donne pas que la pression extérieure, ce baromètre Martini. Il donne le degré de l'ambiance familiale et de son équilibre aussi. Il me montre que j'ai tout fait de travers. Il me raconte que mon départ a été un tremblement de terre qui a fragilisé tout ce qui jusque-là tenait debout.

Cali m'ouvre la porte avec entrain. Je meurs d'envie de l'étouffer de mes baisers. Elle est devenue la *dueña* de la maison, une vraie petite bonne femme. Mon absence a inversé les rôles, et je le déplore. Au loin j'entends la machine à coudre d'André, précise et sans émotion, comme lui. Elle annonce l'intransigeance qu'il me réserve.

Demain Cali aura quatre ans, et j'ai raté un huitième de son existence. C'est beaucoup. Ma fille est dotée d'un bagout qui n'est pas franchement de son âge. Elle a cette intelligence de l'instinct, et un raisonnement déjà très construit. Tant de choses m'échappent en l'écoutant. Je devrais me réjouir de ne pas trouver une enfant prostrée. Mais je souffre de me sentir dépossédée.

— Moi, je veux être paléontologue, pilote d'avion et ballerine. Je sais, c'est du boulot. J'ai pas peur. Et j'aurai plein d'enfants aussi. Et moi, je les laisserai jamais.

Elle a désormais la langue bien pendue. J'ai la sensation d'être encore plus loin d'elle que je ne l'étais à Madrid. Un mélange de fierté, de peine et de joie s'entrechoquent dans mon ventre.

— Si tu es ma maman, alors pourquoi à l'école ils disent que je n'ai plus de maman ? Une maman, ça donne des nouvelles. Avant tu étais ma maman parce que quand tu es partie avec Juan tu m'écrivais tout le temps. Tu te souviens de Juan ? Tu l'as laissé lui aussi, moi, je vais le voir chaque soir au cimetière. Parfois Tatie ne veut pas s'arrêter, mais elle finit toujours par dire d'accord. C'est elle maintenant, ma maman.

Je démarre silencieusement ma pénitence. Ah, la culpabilité ! En voilà encore une belle, de nos spécialités, qui ne sert qu'à nous faire perdre du temps.

Déleste-toi de ça, *mi cielo.* Tire des leçons de tes erreurs au lieu de t'apitoyer.

Petit à petit je regagnerai chaque millilitre de l'amour de ma fille, quitte à écumer jusqu'à l'épuisement.

— Oui mais ma chérie, regarde, je n'ai raté aucun de tes anniversaires. Demain, comme tous les ans, je te ferai le gâteau que tu imagineras ce soir au coucher, dis-je, faussement joyeuse.

— Ah bon, on fait ça tous les ans ? Je ne m'en souviens pas, répond-elle froidement.

Elle marque une pause. Je serre les dents. Elle reprend plus légèrement :

— Tu n'as pas raté mon anniversaire, mais tu as raté celui de Meritxell, celui de Tatie, et puis tu as raté le jour où nous avons dû aller dormir chez Madrina à cause des inondations…

Elle s'arrête encore pour réfléchir.

— Tu as raté la première fois que j'ai fait du vélo sans petites roues aussi. Et quand Papa s'est coupé le doigt. Tu as raté le bal du printemps, celui des cerises, celui de l'été, celui des vendanges… Et tu as raté quand la maîtresse est tombée devant l'école aussi. J'ai fait un dessin sur son plâtre. Le plus beau de tous ceux de la classe. Mais elle m'a quand même punie d'avoir poussé Ama à la cantine juste après.

Elle regarde ses deux mains ouvertes devant elle. Tous les doigts sont dépliés. Elle fronce les sourcils. Relève la tête vers moi.

— Tu la connais ma maîtresse ? Je la déteste.

Dis donc, ça mouline là-dedans ! Cela me réconforte de voir qu'une idée chasse l'autre à une vitesse folle dans sa jeune caboche.

— Bien sûr que je la connais. Je me souviens que Madrina avait peur qu'elle soit dure avec toi, alors, pour que cela se passe bien, on avait ramassé des amandes que tu lui avais offertes le matin de la rentrée. Quand je suis venue te chercher on avait goûté celles qu'il restait dans mes poches et elles étaient si amères qu'on avait tout craché en faisant la grimace. On avait ri comme des baleines sur le chemin du retour de l'école ce jour-là. Ça y est, ça te revient ?

— Non.

Elle est d'une sévérité absolue, plantée devant moi, consciente d'avoir le pouvoir. Pourtant je sens une première faille. Ce souvenir lui rappelle quelque chose de doux et je peux le voir passer dans ses yeux. Elle s'est barricadée pour ne pas souffrir, elle se protège de celle qui en lui donnant la vie s'est engagée à la protéger et qui a rompu son engagement. Il faudra du temps. Je m'accroche. J'en bave. Mais je n'en montre rien. Elle saura bien assez tôt que certaines douleurs sont si grandes que l'on n'a plus rien à donner, même à l'être le plus cher à son cœur. Mes explications attendront.

— Bon… Eh bien, il va falloir créer de nouveaux souvenirs puisque ceux-là ont déserté ta mémoire.

Et la bonne nouvelle, c'est que nous avons une vie entière pour le faire ! Ou presque…

Elle me regarde avec une curiosité méfiante. Elle me maintient à distance, indifférente à mes élans de maman. Quand je m'accroupis pour prendre sa main elle recule et la retire, se carapace. Je pense à ce proverbe qui dit « *Cría cuervos y te sacarán los ojos* (Élève des corbeaux et ils t'arracheront les yeux) ». Le plus dur, c'est que Cali est dénuée de méchanceté. Cruel monde de l'enfance… Quoique. Ta mère en a gardé l'insolence bien au-delà. Elle a juste appris à la diriger vers d'autres.

Tous les matins j'ai hâte d'enfiler mon costume de conquistador pour rompre ce terrible sentiment d'impuissance. Je languis jour et nuit après les quelques heures où je reprends vie pour Cali. Elle va à l'école, alors en semaine le temps ensemble est compté. Quarante minutes le matin, quarante-cinq à midi, et trois heures le soir. C'est si peu. Et même avec sept heures de sommeil et une maison à tenir, il reste toujours trop de temps pour penser…

Si Leonor et Carmen sont plutôt clémentes, les langues du quartier ont déversé des saletés sur mon compte. Je peux lire le mépris sur les visages quand je retourne en ville.

André travaille affreusement tard. Quand il est de repos, il emmène Cali faire de longues balades dans la garrigue auxquelles je n'ose pas me joindre. Je ne veux pas rompre l'équilibre qu'ils ont trouvé. Il va falloir reconstruire pièce par pièce notre foyer. Je sais qu'André meurt d'envie de me tordre le cou. Il se contient et se tait pour sa fille. Je l'admire pour ça. Je n'ai jamais réussi à dompter mes émotions. Une partie de moi refuse de grandir, car l'enfant en moi, c'est tout ce qui me reste de notre vie d'avant. De ce moment où j'avais encore un chez-moi. Un vrai.

Quand nous sommes tous les trois, André reprend chacun de mes gestes envers Cali.

— Non, elle ne prend plus ça au petit déjeuner. — Ne plie pas les draps comme ça, Cali n'aime pas quand ça plisse. — Non, rentrez directement, elle n'aime plus aller au parc après l'école, elle préfère jouer ici. — Arrête de lui faire ses lacets, elle y arrive toute seule. — Non, cette jupe la serre, mets-lui celle-là.

Je n'ai aucune prise sur cette vie qui n'est plus la mienne. J'en suis spectatrice. Des mois s'étirent sans qu'ils me regardent jamais dans les yeux, ou alors par inadvertance. Dans ce cas ils se reprennent tout de suite, comme s'ils avaient peur que m'aimer à nouveau signifie souffrir à nouveau.

Tout mon amour à sens unique, je le mets dans ma cuisine. Je compte sur le contenu de mes casseroles pour reconquérir ma famille. Aux fourneaux, les mains de ma mère étaient d'une agilité et d'une minutie rares. Les miennes ne sont pas mal non plus. Elles font ressurgir l'Espagne et tout ce que j'aime en elle. Ail. Partout. Tomate. *Cebolla*. Safran. Poivron.

Fleur d'oranger. Piment. Cannelle. Jasmin. Avec parcimonie. J'improvise, je goûte, pour les surprendre et leur plaire. Je m'évertue à retrouver les saveurs de la cuisine de ma grand-mère et de ma mère. Ma façon à moi de présenter celles qui m'ont faite à Cali et à son père. Quand je trouve le détail manquant, c'est une fête. En préparant tous ces plats, je leur parle à mes mortes, ça m'allège. Puis me ruine. Car si les assiettes sont toujours vides, les bouches le sont aussi du moindre mot doux.

Quand je ne suis pas là, c'est différent. Pendant l'histoire du soir, je ne résiste pas à coller mon oreille derrière la porte pour profiter du moment si particulier et précieux du coucher qui m'est refusé. Cali est douce quand l'obscurité vient la détendre. C'est bon d'entendre mon joli ouragan devenir une brise délicate en attendant le marchand de sable. Elle donne un « je t'aime Papa » à chaque page tournée. Son père répond par des « je t'aime » lui aussi. À moi, il ne l'a jamais dit. Je ne savais pas qu'il en était capable.

Ces deux-là ont la revanche coriace comme du chiendent… Face à eux, à table notamment, le silence réveille ma culpabilité. Souvent mon cœur s'accélère et je sors le vider de ces millions de larmes qui risquent de le scléroser. Il ne faudrait pas que ça finisse par l'empêcher d'aimer.

Parfois, au contraire, je bouillonne, bouche cousue. Qu'est-ce qu'il croit ? Cette enfant a grandi dans mes chairs, et je sais que les six mois qui viennent de s'écouler n'y changeront rien. Tu auras beau te raconter l'histoire qui te convient, André, celle que j'ai commencée avec ma fille neuf mois avant toi, tu ne pourras pas me la voler.

Il récuse mes mea culpa autant qu'il résiste à m'accorder son pardon. Il continue à refuser d'évoquer Juan. Et quand j'insiste, il sait si bien où appuyer…

— Le premier mois de ton absence, Cali est allée tous les matins et tous les soirs à la boîte aux lettres en espérant un signe de toi.

La mise à l'épreuve durera trois longues années, c'est le café qui nous a sauvés. Et mon courage un peu aussi. L'atelier dans lequel travaillait André venait d'annoncer sa fermeture. J'ai croisé la sœur de Madrina dans la rue, elle vivait à quarante kilomètres mais passait de temps en temps à l'immeuble. Quand je lui ai donné de nos nouvelles et raconté pour André, elle a parlé d'un commerce qui se vendait une bouchée de pain dans son village. Une famille le tenait, mais il n'y avait pas plus long poil dans la main que ceux qui avaient poussé dans les leurs. D'ailleurs tous les habitants s'en plaignaient. J'ai décidé que c'était un signe. Nous avions nos défauts, mais nous étions vaillants, ton grand-père et moi. Travailleurs et courageux. Ce challenge était pour nous. Cali avait sept ans quand j'ai acheté le café sur un coup de tête. Ma Vierge noire a dû se sentir plus légère que jamais. Dix ans d'économies sur le tapis et le tour était joué.

J'ai mis André devant le fait accompli. Je lui ai dit que je ferais le trajet tous les jours s'il le fallait, que j'étais prête à tout pour ce projet. Il a suivi bon gré mal gré, parce que Cali était en joie de quitter la ville pour la campagne et parce qu'il avait peur de se confronter au vide. Nous avons déménagé quelques semaines plus tard.

Elle était douce la vie au café de Marseillette. C'était aussi un restaurant de quarante couverts, une pompe à essence, un tabac-presse, loto… En commençant cette nouvelle vie ensemble, nous nous sommes retrouvées avec Cali. Ce cadre nous a épanouies comme deux fleurs sous le soleil et la pluie après une longue privation de lumière et d'eau. Quitter l'immeuble nous avait plongées dans un grand isolement. Nous étions des êtres pourtant si sociables ta mère et moi, si curieuses de l'autre, si sensibles à la différence, aux histoires, avec un petit et un grand H. Alors ce café, quel terrain de jeu pour nous ! Moi, je retrouvais l'ambiance de l'immeuble et de la communauté, avec en prime la certitude que ceux qui entraient ne nous voulaient pas de mal. Ils venaient consommer simplement, ou échanger quelques mots. Cela ne choquait personne que tous les prêcheurs se retrouvent au café pour l'apéro après l'office le dimanche midi par exemple. Même le curé venait parfois se jeter un pastis avec ses congénères. On le respectait, tout en n'en pensant pas moins sur les préceptes de sa maison de Dieu à la noix.

Assez vite Carmen est venue travailler avec nous. Cette coquine nous l'a bien sûr joué « ma grandeur d'âme me perdra » quand André et moi lui avons demandé de l'aide, mais je savais qu'elle attendait impatiemment que je la sorte des pattes de Leonor et de Madrina. Elle a pris en charge le service en salle et au bar avec moi. *Pobrecita*, raté pour échapper aux deux *mamás*. À côté de ses heures à l'hôpital, Leonor a commencé à venir pour se charger de la blanchisserie. Elle n'a pas résisté longtemps à l'ambiance de notre auberge espagnole et s'est autoproclamée aide-cuisinière. Le vendredi soir, quand il n'y avait plus personne, elle s'attablait avec quelques jeunes vétérans du RCT qui se retrouvaient souvent chez nous. J'aimais regarder du coin de l'œil ma sœur, faisant revivre les convictions de nos défunts parents. Avec une mauvaise foi certaine, elle réécrivait l'histoire pour ne faire briller que les nôtres. Je trouvais cela très beau. Elle s'accrochait à ce passé aussi blessant que cher à nos cœurs et habituellement tu comme une honte.

Madrina venait tous les week-ends. Elle avait choisi la pompe à essence. Le meilleur poste pour faire des rencontres, selon elle. La Minervoise passait devant le café, alors on en drainait, du monde. Du touriste au poids lourd. Il se disait qu'elle vendait de l'herbe avec la gazoline au village. Après tout, le café se targuait de répondre à tous les besoins !

Toi, tu as connu la version édulcorée pour nos vieux os de ce café, mais quand nous l'avons investi, il se composait aussi d'un coin épicerie et d'un hôtel de neuf chambres, dont une que nous occupions tous les trois, ta mère, André et moi. Nous en avions privatisé une autre qui servait tour à tour à chaque membre de la famille en cas de nécessité. Le dernier bus pour Narbonne partait à dix-neuf heures. Excellente excuse dont se servaient mes sœurs pour ne pas rentrer chez elles. Chez nous, c'était plus exotique. Quand Leonor et Meritxell restaient dormir, c'était la purge pour Carmen. La nuit, elle utilisait cette chambre en cachette, avec ses multiples amoureux. André et moi faisions semblant de ne pas voir. Il n'aimait pas que ma petite sœur profite de toutes ses libertés sans se soucier du qu'en-dira-t-on. Moi, cela me rendait fière. Carmen avait passé tant d'années à être tout ce que l'on attendait d'elle que la voir s'émanciper me réjouissait. Contrairement à Leonor et moi, éternelles déracinées, elle se sentait française. Depuis notre arrivée à Narbonne, mes sœurs et moi n'utilisions notre langue que dans l'intimité et exclusivement si le groupe se composait de purs sangs. Toutes les trois, ou juste avec *el tío* Roberto et Madrina, nous nous en donnions à cœur joie. Mais même l'arrivée d'André au milieu d'une conversation nous faisait repasser au français.

La magie de notre lieu, c'était d'estomper les frontières entre les cases autour d'un verre ou d'une partie de cartes. L'échiquier n'était plus qu'une formidable piste de danse, fondue à l'aquarelle, sur laquelle plus personne n'était prisonnier ni de son costume, ni de ses couleurs.

En quelques mois, ta mère était devenue la mascotte de tout le village et des touristes. Elle chantait, elle dansait, elle improvisait de petits sketchs et trouvait toujours une audience à son écoute.

Je n'oublierai jamais le jour où nous avons ouvert. Cali était excitée comme si elle attendait les invités de sa fête d'anniversaire. Un samedi 1er mai. Nous avions demandé à la mairie d'annoncer dans les haut-parleurs du village l'ouverture des lieux quotidiennement la semaine qui précédait. « ALLÔ ALLÔ, le café *La Terrasse*, 1, place de la Mairie, ouvrira ses portes le premier mai à neuf heures. Pétantes. »

C'était un jour spécial chez nous, le premier mai. Le 30 avril, les « grands enfants » et adolescents se donnent rendez-vous à la nuit tombée. La coutume est de vider jardins, terrasses et devants de portes de tout ce qui traîne pour l'amener sur la place du village. Ceux qui ne veulent pas être dépouillés de leurs biens doivent déposer une bouteille ou des friandises devant chez eux à l'attention des petits voleurs. Ceux qui ne le font pas, plus joueurs, laissent les jeunes essayer de les piller. Ils doivent dans ce cas revenir le premier mai au matin sur la place du village pour récupérer leurs chaises de jardin, pots de fleurs et autres vélos, hamacs, pergolas et balançoires. Ils apportent à boire ou à manger pour libérer leurs affaires. Du soir jusqu'au lendemain midi, des courses-poursuites à la trinquette, le village s'anime. Une année, ils ont même réussi à piquer une estafette tout en bas du village et à la remonter jusqu'à la place.

Ce matin-là, en levant le store de *La Terrasse, mi amor*, c'était quelque chose ! Il y en avait partout. Tant et si bien que les jeunes avaient dû empiler des objets. Déjà une vieille faisait le tour, une tarte entre les mains, pour retrouver les siens. Un jeune de quatorze ans récoltait les offrandes. Les deux riaient ensemble. Plus personne n'avait d'âge ou de classe, juste le même plaisir du jeu et du partage.

À dix heures, la place grouillait de monde. Le premier pépé qui est entré au café, suivi de quelques autres, s'est adressé à moi en espagnol avec un large sourire.

— *Bienvenido en tu casa, cariño. Ya lo sabes, su casa es mi casa, y me lo voy a aprovechar* (Bienvenue dans ta maison, chérie. Ta maison est ma maison et je vais bien en profiter) !

Deux des autres pépés ont ri avec lui, l'un a ajouté :

— *¡ NUESTRA casa, coño !* (NOTRE maison, couillon !)

Les autres ne semblaient pas gênés de ne rien comprendre, plus préoccupés par trouver le meilleur coin pour la belote. La petite équipe prit possession de cette table trente-sept ans durant, à ne se comprendre qu'à moitié dans un mélange d'occitan, d'espagnol, d'arabe, de portugais et de français. Bien sûr, ça balançait aussi sur le voisin au café, et nous étions aux premières loges, mais pas en fonction de ses origines ou de la couleur de son sang, et ça, ça faisait du bien.

Les pensionnaires et les habitués étaient devenus une seconde famille. Nous avions accueilli une équipe d'ouvriers pour trois mois, le temps de la reconstruction d'un barrage. Parmi eux, deux femmes qui s'aimaient en secret. Un fanatique du commandant Cousteau qui enseigna à Cali mille choses sur les baleines et les dauphins. Il y en avait même un qui ne disait qu'une seule phrase, en occitan : *Escota quand plòu*, « écoute la pluie tomber ». À son ton, on devinait qu'elle remplaçait un s'il te plaît, un bonjour, un merci. Peut-être que toutes les autres suites de mots lui semblaient trop peu poétiques. La sœur de Madrina tirait les tarots pour dix francs tous les premiers lundis du mois, ce qui attirait une faune particulière. Nous ne fêtions même plus les Noëls chez Leonor tant cela nous peinait de fermer. Les plus isolés auraient été condamnés à rester seuls chez eux ces jours-là.

J'emmène Cali au bal du village une fois par mois. Elle danse avec son père de dix-huit heures à vingt heures. Tout y passe : valse, paso-doble, tango et autre java, car l'orchestre propose du musette à l'heure de l'apéritif. À vingt heures l'ambiance bascule, nous nous mettons dans un petit coin de la piste pour danser toutes les deux Cali et moi. Abandonnées à cette musique nouvelle qu'André ne comprend pas, plus rythmée, plus riche, nous sommes en transe. En général une heure pour faire les folles comme elle dit, ensuite je rentre la coucher. Au café aussi nous dansons toutes les deux, quand tout le monde est parti.

Certains soirs, Cali partage la piste avec sa cousine Meritxell. Elles sont devenues de jolies jeunes filles, éclatantes, et leur complicité est celle de deux sœurs. Cela nous rapproche Leonor et moi. Vivre au café a bousculé mes peurs pour faire place à la confiance, en moi, en l'autre.

Le soir de la fête du printemps, André reste exceptionnellement au bal après vingt heures. Le muscat aidant peut-être, il a l'air de me trouver jolie. Alors en rentrant je franchis fébrilement la limite imaginaire qui nous sépare depuis la conception de Juan. C'est doux, simple et naturel comme deux personnes qui se connaissent depuis longtemps, mais animal aussi, comme deux personnes qui ne se connaissent plus. Je me remets à espérer. Pas longtemps.

Heureusement que la vie va vite au café. On n'a pas le temps de s'apitoyer. Sauf sur le sort de ceux qui nous confient leurs chagrins et qui comptent sur nous pour en prendre soin. Ils sont nombreux de l'autre côté du comptoir. Et ils ne sont pas avares de gentillesses avec leur petite Rita. Ton grand-père aussi est gentil avec moi à sa façon. Nos corps ont trouvé un langage au fil du temps, mais la complicité que nous retrouvons dans les draps ne dure pas. Ces brutaux retours à la réalité me peinent.

Les histoires d'amour n'étaient pas toujours en demi-teinte chez nous. Parfois elles étaient intenses et vraies. C'est au café que ta mère a rencontré ton père. Sans moi elle ne l'aurait jamais remarqué tant sa vie était déjà bien remplie. Les cours de danse, le dessin, la pétanque au club du village « La Boule Rouillée », les belotes avec ses petits vieux le jeudi soir, puis ses copines… Cali n'avait jamais une minute. Heureusement que les hommes, ça me connaît. Ben oui, le beau gosse qui passait dix fois par jour devant le café, torse bombé sur son vélo tout déglingué sans oser entrer, moi, je l'avais remarqué.

À l'intérieur, j'interrogeais les clients. Personne ne le connaissait, il n'était pas d'ici.

— Mais enfin messieurs, je vous dis qu'il est là tous les mercredis, samedis et dimanches que Dieu fait depuis au moins six mois !

Ça ricanait au café, m'accusant de faire beaucoup de bruit pour rien. Tu parles d'un rien. Sans ce rien, tu ne serais pas là. La commode non plus.

J'étais seule au café le jour où j'ai enfin percé le mystère. Tandis que je pestais en essuyant les verres, ton père a fait un incroyable vol plané au milieu de la place. Je suis sortie en courant et j'ai essayé de le relever. Impossible toute seule. Il était bien amoché. Son vélo aussi. Deux employés municipaux sont sortis de la mairie et m'ont aidée à l'installer au café pour le soigner. *Pobrecito*.

— Vous avez des rustines ? J'ai une roue crevée et ça m'inquiète, j'ai quinze kilomètres pour rentrer.

— Quinze kilomètres ? Attends que j'en aie fini avec tes plaies et il va falloir m'expliquer ce que tu fiches ici à tourner autour de chez nous depuis des mois.

J'étais en train de finir le dernier bandage quand ta mère est entrée. Lorsqu'elle a posé les yeux sur lui, j'ai cru qu'il allait tomber dans les pommes. Elle lui a souri. J'ai souri aussi en les regardant. Il ne me voyait plus.

Ton père avait quatorze ans. Ta mère treize. Elle avait déjà mille projets. Lui n'en avait qu'un : elle. Enfin, deux : ta mère et la musique. Il jouait de la guitare acoustique. Elle trouvait ça ringard. Pour moi évidemment c'était une drôle de coïncidence. J'ai peut-être un peu poussé cette histoire à exister sans le vouloir. Il était si beau ton père ! Et cette façon qu'il avait de regarder ta mère. Il y avait tant de respect, d'admiration, de douceur. J'avais confiance en lui. Pourtant ta mère lui en a fait voir tu sais, avant de lui accorder son attention. Et non je ne peux pas aller au bal avec toi car j'y vais avec ma cousine Meritxell. Et non je ne peux pas venir à ton concert, le dimanche après-midi j'ai la pétanque. Oui j'ai déjà un partenaire en doublette, oui. Et non, je ne peux pas venir au cinéma, ce soir j'étudie. Quelle pimbêche. Cali était si brillante qu'elle n'en fichait pas une rame.

Elle s'est désintéressée de ton père jusqu'à ce qu'elle le voie sur scène. Deux ans plus tard, tout de même. Les jeunes avaient organisé un petit concert au café. L'un d'entre eux a invité ton père à jouer une chanson. Il est devenu blanc comme un linge et s'est enfoncé dans le public. En tentant de s'enfuir ton père est tombé sur les cantonniers qui l'ont emmené de force jusque derrière le micro. Pris au piège, tête baissée, il a saisi une guitare. Je tremblais autant que lui. Le temps en avait fait mon petit protégé. Il a accroché son regard au visage de ta mère, comme si c'était l'unique chose qui pourrait lui donner le courage nécessaire, et s'est lancé. Dès les premiers accords, la pulsation nous a tous emmenés. Le son était chaud, le rythme chaloupé. J'observais ta mère. Elle mourait de gêne, mais je voyais bien que chaque note était douce sur sa peau, chaque mot une caresse à son cœur. Ce soir-là, Cali m'a demandé si elle pouvait retrouver ton père en ville le lendemain. J'ai dit oui, bien sûr. Quand elle est sortie j'ai mis un disque dans le juke-box. Je ne savais plus comment contenir ma joie alors je l'ai dansée, seule, entre le billard et le flipper.

J'avais accroché le baromètre à l'entrée du café la veille de l'ouverture. Cette fois-ci il a traversé les années sans l'ombre d'un mouvement. Il est resté cramponné à ce mur, droit comme un I, plus de trois décennies. Comme quoi il ne donnait pas que la pression extérieure, ce baromètre Martini. Il indiquait aussi ce que nos cœurs blessés affrontaient et parvenaient à surmonter.

9

L'enveloppe

Je tombe sur l'enveloppe dans mon sac pendant que tu te frayes un chemin jusqu'à nous en salle d'accouchement. Nous n'avons pas réussi à joindre ton père alors nous lui avons laissé un mot à la maison pour lui dire que le travail semblait commencer. Il le trouvera en rentrant de son concert, au petit matin probablement. On a mal aux fesses dans cette salle d'attente, Leonor, Carmen, Meritxell, Madrina et moi. Nous plaisantons sur la pudeur de ta mère qui ne nous souhaite pas près d'elle dans cet exercice, nous rions comme des bossues en nous rappelant nos accouchements respectifs tellement plus folkloriques, où la gêne n'avait pas franchement de place. Les conditions d'hygiène n'étaient que très vaguement respectées, et personne ne s'en souciait. Madrina et moi sommes plutôt crues sur les détails techniques, ça dégoûte Carmen. Elle a passé la quarantaine et une question nous brûle les lèvres à toutes. Je me lance.

— Tu es sûre que tu ne regrettes pas de ne pas avoir eu d'enfants ?

— Tu rigoles ? Enfin Rita, regardez-vous et regardez-moi, je suis la plus réussie d'entre nous, jamais je ne laisserai un gigot de trois ou quatre kilos dévaster ma fleur et le reste ! Puis j'ai élevé les vôtres de gosses, et à elles deux, elles m'ont bien refroidie sur les joies de la maternité !

Elle éclate de rire. Nous aussi. Puis Leonor semble partir dans ses pensées.

— Moi, si Dieu me l'avait accordé, j'en aurais pondu une ribambelle de mômes, dit-elle tristement.

Carmen enchaîne :

— Et ton petit bijou aurait ressemblé à un chou-fleur *mi amor* ! Tu n'aurais pas pu garder *tío* Roberto transi d'amour si longtemps dans un état pareil.

Nous rions encore. Nous sommes le 31 décembre, l'ambiance n'est pas banale à l'hôpital. Certains sont en habits de lumière, prêts à partir fêter la nouvelle année. Ça sent le foie gras dans le couloir. Il faudrait que ce soit tous les jours comme ça ici, le temps passerait plus vite ! Meritxell trépigne parce qu'elle est attendue à une soirée alors qu'on sait toutes que c'est bien là, avec nous, qu'elle veut être. Cali est plus que sa cousine, c'est sa sœur. Elles n'ont aucun secret l'une pour l'autre. Nous, on préfère ne pas savoir.

Tiens, voilà *Escota quand plòu* qui nous cherche avec sa dégaine d'illuminé.

— *¿ Escota quand plòu ?*

— Toujours pas mon grand.

— *¿ Escota quand plòu ?*

— Promis, on appelle au café dès que le bébé est là.

Toutes les cinq minutes, quelqu'un vient embrasser Leonor et lui souhaiter ses vœux. Elle en connaît de la blouse blanche, ma sœur. Ça en jette.

Je me sens tout orgueilleuse là, regardant la brochette de femmes que nous formons. Leonor est sage-femme et elle milite pour le droit à l'avortement. Meritxell est professeur d'espagnol et écrivain public à titre gracieux au village. Elle écrit comme dans les livres. Madrina, unique rescapée d'une famille d'anarchistes, est devenue la Mère Teresa (intéressée) de tous les exilés. Cali peut voyager grâce à son don pour la danse. Elle embrasse l'air. Elle le fait exister, le rend palpable, doux comme un nuage. Elle emmène dans son sillage ton père. Au point qu'il a intégré sa compagnie en tant que musicien. Certes ta mère était persuasive, mais personne ne résistait à ton père quand il faisait parler sa guitare. Ce travail c'était bien lui qui l'avait gagné. Sans ta mère il n'aurait pas osé passer l'audition, heureusement qu'elle croyait en lui pour deux.

Tu es à J + 6 mais tu sembles vouloir encore te faire désirer. Nous, nous t'attendons comme le Messie. La sœur de Madrina a vu dans le marc de café que Cali aurait une fille. Alors tu penses, on n'en peut plus. Madrina réussit à me faire pleurer de rire avec ses histoires des naissances à l'immeuble. Tout en l'écoutant, je cherche un mouchoir dans mon sac.

— Pour l'accouchement de Leonor, je suis venue te chercher avec la voiture de Roberto, Rita, tu te souviens ? Je n'avais pas conduit depuis que j'avais quitté l'Espagne, au début de la guerre. *Coño*, elle doit encore s'en souvenir, Cali, de mes secousses ! Elle était si minuscule ! Elle volait dans la 2 CV ! Et toi tu riais. Comme maintenant !

Et je ris encore. Elle est folle, tout le monde nous regarde. Où sont ces foutus mouchoirs ? Je sens une enveloppe dans mon sac et m'en étonne. En la sortant, je reconnais tout de suite l'écriture de ta mère. Je ne sais encore rien mais c'est comme si j'avais déjà tout compris. Je la déchire à la hâte. La terre s'ouvre sous mes pieds. Le pardon que j'ai attendu toute ma vie est entre mes mains – Cali a deviné la culpabilité qui m'habite depuis ma fuite à la mort de Juan. Il est suivi de courts adieux « juste au cas où ». Elle se sait atteinte d'hémophilie. Sa grossesse pourrait avoir un prix que ta mère est prête à payer. Mettre sa vie en jeu pour faire de son homme un père est un risque qu'elle a choisi de prendre, portée par « un amour que même la mort ne pourrait altérer ». Il est prévenu. Depuis huit jours. « Ne t'en fais pas, Maman. J'ai vécu trente années plus intenses et plus belles que certains n'en vivront jamais. »

Mon corps s'est mis à fondre, brûlant de l'intérieur. J'ai couru, poussé les portes des salles les unes après les autres à la vitesse de l'éclair. Puis j'ai ouvert celle derrière laquelle vous vous trouviez, et je suis entrée. Seuls tes cris transperçaient le silence à l'intérieur. Et le froissement des masques et des gants que les soignants ôtaient. Ta mère venait de s'éteindre. Et tu venais d'éclore. Les cloches de l'église Saint-Vincent sonnaient minuit et tout le monde se souhaitait une bonne année. Au loin dehors, et juste derrière la porte de votre chambre aussi. On entendait des pétards et des cris de joie à l'extérieur. Ce sont les premiers sons que tu as dû percevoir. Cali n'a pas eu le temps de te toucher et de sentir ta peau si douce. Une infirmière t'a déposée entre mes bras délicatement. Nous nous sommes reconnues tout de suite. J'ai demandé au personnel de sortir pour nous laisser toutes les trois. J'ai péniblement déshabillé le buste de ta mère. J'ai enlevé mon pull et mon tee-shirt. Je t'ai démaillotée et posée sur son ventre. J'ai passé les mains de ta maman sur chaque centimètre carré de ton petit corps encore tout ensanglanté. Je me suis allongée à côté de vous et j'ai collé ma peau contre la vôtre.

Comme un petit animal guidé par son instinct, tu as mis son sein dans ta bouche fragile et tu as commencé à téter. J'ai pris la main de Cali, l'ai glissée dans la mienne et je t'ai enveloppée avec. J'aurais voulu que nous partions toutes les trois pour ce grand voyage. J'aurais voulu que rien ne nous sépare, que ta mère nous emmène avec elle, et vivre pour l'éternité collées les unes aux autres.

Les yeux clos, j'ai revu les séquences clefs de sa vie comme on regarde un film. Son enfance. La fusion qui était la nôtre. Nos écrits pendant la maladie de Juan. Les pots cassés, les retrouvailles durement gagnées, puis cet amour et cette complicité qui n'auront jamais cessé de grandir. Même pendant ces quinze années avec ton père à ses côtés pour la suivre dans toutes ses extravagances. Au café, leurs rires entremêlés battaient nos vinyles préférés au concours de la plus belle musique du monde. J'aimais qu'ils s'engueulent parce que j'aimais les voir se retrouver avec encore plus de tendresse l'instant suivant. Les voir partir avec des valises plus grosses qu'eux, cachant mal leur excitation pour mieux nous montrer leur sérieux, c'était adorable. Ils étaient très jeunes la première fois qu'ils ont accepté une tournée à l'étranger. J'avais négocié de pouvoir les joindre chaque jour en cas de nécessité. J'avais tout verrouillé avec les organisateurs, les conditions de logement, le prix de leurs prestations… Je savais ce qu'ils valaient moi, mes enfants ! Enfin, mes enfants. Oui, je l'ai aimé comme un fils, ton père.

J'étais à peine en train de réaliser ce qui nous tombait sur la tête et le cœur quand André est apparu, mon sac dans une main et la lettre dans l'autre. C'était la première fois que je le voyais pleurer. À la mort de Juan, j'avais bien lu dans le pourpre de son regard que des torrents de larmes étaient passés par là, mais il n'en avait pas versé une seule devant moi. Pour protéger Cali de sa peine peut-être. Il l'avait toujours protégée, sa petite. Il n'avait vécu que pour elle. Et elle le lui avait bien rendu.

La première fois que je t'ai embrassée est aussi la première où il m'a prise dans ses bras, où j'y ai senti de l'amour et du soutien. C'est le premier moment de notre existence où je l'ai vu baisser sa garde, démuni. À compter de ce jour, ses bras se sont ouverts un peu plus facilement. Ou bien c'est moi qui hésitais moins à les prendre en otage. En plus de deux décennies, j'avais perdu l'habitude de la douleur. Sans l'épaule d'André, je n'aurais pas tenu.

À peine le temps d'accueillir le chagrin qu'il fallut le défier, car tout en m'enlevant la prunelle de mes yeux la vie exigeait que je sois pour toi et ton père une fondation. Je voulais te dédier cent pour cent de mon temps, de mon énergie, de mon amour. C'est pour ça que j'ai voulu vendre le café à la mort de ta mère. Puis parce que chaque petite cuillère, chaque chaise, chaque trace d'usure du temps me rappelaient le manque inacceptable. Elle avait insufflé l'espoir dans le moindre centimètre carré de ce lieu avec son inébranlable joie de vivre. Plus tard, c'est ton père qui lui apporta son enthousiasme et sa créativité. La charge de travail pour André et moi était énorme, même si nous ne nous plaignions jamais. Ton père voyait toujours venir le moment de rupture avant nous. Dès qu'il sentait la fatigue tendre l'ambiance ou la lisait sur nos visages, il appelait ses copains en renfort. Interdiction de venir au café pendant vingt-quatre heures, ton père prenait tout en mains, et nous revenions frais comme des gardons. Avant ta naissance, tout allait trop vite pour savoir quand nous étions à bout. Après, cela ne m'échappa plus. Tu avais trop besoin de moi.

Pourtant quelque force m'a empêchée de me séparer de *La Terrasse*, et heureusement. Tu étais faite pour cet environnement, tout comme ta mère. J'ai repensé à elle enfant, petit bout de femme s'épanouissant dans ce joyeux bordel. C'est peut-être ce qu'il reste d'Espagne en nous, ce besoin de vie autour, d'agitation, de dialogues, souvent de sourds, de convivialité, de partage. Garder le café, c'était te construire un chez-toi, pour que tu appartiennes à une communauté, que tu aies des racines. Avec tous ceux que le canal du Midi emmenait jusqu'à nous.

Le café nous rappelait que notre différence était une richesse si nous le décidions. Ta mère a fait de sa latinité une force. Elle n'a pas parlé un mot d'espagnol jusqu'à ce qu'elle quitte la maison. Il faut dire que je n'ai rien fait pour l'y encourager. Je voulais qu'elle soit française. Et au retour de sa première tournée au-delà de l'Atlantique, qui dura deux mois, elle le parlait mieux que moi. Je manquai d'exploser d'orgueil. Je n'avais pas vu la réconciliation arriver par cette route-là. La surprise n'en fut que plus savoureuse. L'envie de transmettre notre histoire est née en moi très tard. D'ailleurs, *qué tontería* d'avoir refusé de t'apprendre à coudre et à cuisiner. Je ne voulais pas que cela te rende esclave des hommes. Ça ne risquait rien, toi tu n'es pas comme nous, ou plutôt tu es comme nous en mille fois mieux. Nous sommes du roc et tu es du marbre. Cela m'ennuie un peu de ne pas t'avoir enseigné ces bases. Madrina et Leonor s'en chargeront si tu veux bien. Au moins la couture, pendant tes vacances. Elles ne se débrouillent pas si mal, nos dinosaures, malgré leurs mains pleines d'arthrose. Maintenant que je ne suis plus là, tu vas avoir un sérieux budget reprise et tricot à prévoir. Il y a mon carnet de recettes dans le même tiroir, tu verras, avec les bouts de carton que je découpe pour les listes. Prends-le. Ce ne sont pas tes grands couillons de cousins qui vont s'en servir, ces grosses patates ! Oh, tu riais tellement quand je les appelais comme ça… Ils n'avaient pas droit de cité dans mes cuisines. Mais au fond, ça me plaisait qu'aucun homme ne s'y pointe : tout pouvait être dit sans gêne parce que nous n'étions qu'entre femmes, mères, filles.

Cette commode, *cariño*, elle me vient de Pepita. Maisel me l'a rapportée à sa mort. J'aimais la regarder car elle me rappelait celle de mes parents. Il avait fait la route avec sa femme pour me la déposer.

— Bonjour Maisel.

— Bonjour Rita.

— Ma tante est morte, alors…

J'allais lui sauter dans les bras quand sa femme est apparue derrière lui.

— Merci merci merci. Ça signifie tellement pour moi…

Il m'a coupé le sifflet. Pas le temps de s'épancher.

— Je la mets où ? On a encore des kilomètres à faire.

Même en deux minutes d'échange, même avec des corps usés et vieillissants, j'ai pu percevoir son embrasement faisant écho au mien. Je ne l'ai jamais revu.

L'idée de remplir les tiroirs de cette commode de nos vies m'est venue comme une fulgurance. Dès que je me suis retrouvée face à elle, je me suis autorisée à laisser remonter mes souvenirs.

Tío Roberto la retapa et équipa les tiroirs de petites serrures comme je le souhaitais. Il avait des mains d'or. Il grogna à ma nouvelle demande fantaisiste mais l'honora en repeignant les tiroirs aux couleurs de l'arc-en-ciel. Parce que c'est ça que je veux que tu retiennes. Nos couleurs. Chaudes, franches. Je veux que ces femmes si différentes, si vivantes, si complexes qui composent ton arbre généalogique puissent t'inspirer et t'aider à savoir qui tu es, le fruit de quels voyages et de quelles passions. Je veux je veux… Tu vois, même là je ne peux pas m'empêcher d'essayer de tout contrôler, je suis infernale. *Ay, Dios*, je réussis à me fatiguer moi-même, jusqu'à la fin ! Je veux que tu offres la possibilité à Nina d'aller fourrer son nez en trompette dans nos renferme-mémoire quand tu sentiras que c'est le moment. Ces tiroirs désormais sont les tiens. À ton tour d'y faire de la place pour votre futur. Aller de temps à autre dépoussiérer les tiroirs de la commode permet de maintenir les souvenirs en vie pour qu'ils ne s'échappent pas, ces petits farceurs.

Merci d'avoir ouvert le chemin jusqu'à nous à la sueur de ton front malgré nos bouches cousues. Pour Nina, ce sera plus facile avec une maman comme toi. Tu sais ce que tu as à puiser en nous, mais tu reconnaîtras les travers dans lesquels ne pas tomber. Quand je te regarde, je me dis que je n'ai pas tout raté. Que la vie n'a finalement pas été qu'une *puta* avec moi. Chacun de tes sourires a comblé mes manques et balayé les nuages noirs d'un puissant souffle chaud. Tes choix ont donné du sens à ma vie et à mes combats, sans que je t'y guide. À toi seule tu es chacune d'entre nous, riche désormais de nos échecs et de nos failles. Je vais devoir filer bientôt. Le cancer a repris possession de ma langue et il ne la lâchera pas cette fois. Cela ne servait à rien de te le dire. J'aurais gâché nos derniers mois si nous avions dû les vivre avec cette épée de Damoclès, et *mira*, au lieu de ça, qu'est-ce que nous avons ri !

Ne pleure pas, rêve à mes retrouvailles, car il y a déjà bien trop longtemps que Rafael m'attend. Ne t'en fais pas, je chauffe aussi la place pour Papi. Ne regrette rien. Les regrets ça te ruine le dos. Moi, je ne regrette rien. Tu te souviens sûrement que je disais toujours vouloir vivre jusqu'à cent ans. Raté. Mais si ce n'est pas la preuve irréfutable que nous sommes invincibles ça, alors je ne sais pas ce que c'est ! Malgré les coups qu'elle m'a mis cette foutue vie, eh bien pour tout ce qu'elle m'a aussi donné, j'étais prête à l'affronter encore longtemps.

Elle m'a offert des parents m'inspirant la passion et l'intégrité, des sœurs, l'une pour me remettre dans le droit chemin, l'autre pour m'en faire dévier, ta mère, dont la gaieté et l'intelligence m'ont nourrie, ton père, un fils que j'ai pu aider à devenir un homme et qui me l'a rendu au centuple. Et puis toi, et Nina. Pour me féliciter d'avoir surmonté toutes ces épreuves en restant debout. Comme si elle m'avait dit, à partir de maintenant, et jusqu'à la fin, ta vie ne sera que rire et tendresse. Ou presque.

Épilogue

Je suis assise sur le sol, au milieu du merveilleux désordre que forment les tiroirs de la commode autour de moi. Certains garderont leur mystère, d'autres ont tout balancé. J'entends piailler les oiseaux dehors. Je suis lessivée. Perplexe et heureuse à la fois que la petite mise en scène élaborée par l'Abuela m'ait permis de prolonger sa présence après sa mort.

Il a dû lui en falloir du courage pour revivre ces moments clefs afin de me les retranscrire. Il va m'en falloir des *cojones* pour tout accepter, sans juger ni essayer de refaire l'histoire. Elle dirait que je vais y arriver, que nous sommes du même bois. De celui que rien ne rompt.

Je ne suis pas comme elle. Je n'ai pas sa force, sa beauté, son courage, sa mauvaise foi. Pas son 95C de tour de poitrine non plus, hélas. Non Abuela, nous ne sommes pas du même bois. Tu as dû lutter et moi je n'ai eu qu'à recevoir.

Je dois avouer qu'au lever du jour, face au dernier tiroir, épuisée par cette nuit à voyager dans la DeLorean, je me sens différente. Plus forte. L'Abuela et ses histoires de commode en guise de gilet pare-balles. Je voulais cette liberté, jouir de mon droit de savoir, quelles qu'en soient les conséquences. L'Abuela aura fini par me l'offrir. Elle a livré nos secrets de famille pour que je remplisse à mon tour la page suivante. Une page blanche, lavée des non-dits, tous les placards vidés de leurs cadavres.

Cette page est restée immaculée moins de deux ans. Comme s'il était inévitable que je mente à mon tour. Comme si j'avais seulement retenu de leur histoire la leçon de liberté que mes aïeules m'ont transmise. Libre de mettre dans la commode mon plus joli mensonge. Pour toi Nina, *mi niña, mi amor, mi cielo, mi vida, mi mañana*.

Je n'aurais jamais pensé que cette histoire finirait aussi bien d'ailleurs. J'ai même retrouvé le plaisir de danser. Et mon grand-père le sourire. Enfant, je dansais pour lui. L'Abuela, elle, dansait pour empêcher les cavalières potentielles de trouver les bras de Papi disponibles au bal. Je crois qu'elle n'aimait pas ça. Ou c'est parce que cela lui rappelait ma mère. Ou parce que Papi André la regardait plus comme une sœur que comme une amante depuis si longtemps qu'elle ne savait plus faire vibrer son corps. L'Abuela était peut-être jalouse du lien que la danse créait entre mon grand-père et ma mère, entre lui et moi, aussi.

Papi est de ces hommes au regard dur et perçant qu'on voit dans les spectacles de tango ou de flamenco. Un mètre quatre-vingt-cinq et quatre-vingt-dix kilos de muscles en mouvement, ça impressionne. La gravité dans ses gestes et ses mots les rend solennels. Quand Papi parle, tout le monde se tait. À l'exception de l'Abuela, bien évidemment. Après sa mort, tout a changé. Il s'éteignait. Nous nous sommes serrés pourtant tous les deux, plus que jamais. Mais je ne pouvais pas rester à Marseillette. Le destin m'avait prise dans ses bras. J'avais trouvé un poste de psychologue à Paris dans une association qui aidait des migrants mineurs isolés. L'occasion de rendre hommage à mon héritage. Je devais bien ça à cette lignée de femmes ayant forcé le destin pour m'offrir cette précieuse liberté. Cette place était la mienne. Mal payée. Horaires impossibles. Peu importait. La culpabilité d'être partie resta devant ma porte, mais le chagrin et le manque s'imposèrent dans mon appartement. Par chance, cela ne dura que quelques mois, oui, jusqu'à l'entrée tonitruante de Lola dans notre famille.

Quel phénomène cette Lola ! Elle a débarqué dans nos vies comme une tornade, balayant tout sur son passage. Elle a nettoyé le cœur de Papi de sa solitude, le mien de mon inquiétude pour lui, puis elle a mis de la lumière partout. Lola dit qu'on écrit son destin, qu'il faut juste trouver la bonne encre pour que ni la pluie ni le vent n'effacent l'histoire que l'on a décidé de vivre. Elle dit que la psychogénéalogie, c'est des conneries, et qu'il faut que j'arrête d'essayer de tout analyser. Elle dit que je dois penser à moi maintenant que je l'ai trouvée pour prendre soin de Papi. Mais j'ai tout à apprendre de ce point de vue-là.

Je ne sais plus vraiment ce qui m'a donné cette idée totalement folle… Oh mon Dieu, si ! Ça y est, je sais, je sais, je me souviens.

Ce jour-là, je l'avais trouvé fatigué. Il était dans cet état morose, pas la fatigue d'une bonne grippe, non, la fatigue du cafard, ce spleen si fort qu'il nous écrase les épaules et nous rend marshmallow.

Je lui ai demandé pourquoi il n'allait pas plus souvent voir ses copains de Tuchan, son village natal, et il m'a répondu :

— Ils sont tous morts.

Le niveau d'eau de ses yeux s'est mis subitement à monter.

Il est devenu hypersensible depuis la mort de l'Abuela. AVC, arrêts cardiaques et longues semaines de coma… Je me rappelle m'être dit : « Décidément, ils aiment bien crever par deux dans cette famille ! » Puis je m'y suis opposée. Mon grand-père ne m'aurait jamais abandonnée. Lui, il était courageux, vraiment, et se foutait que son sang coule dans mes veines ou pas. Il m'aimait sincèrement et plus que tout le reste. Quelques lésions au cerveau, probablement, ont transformé mon papi pour toujours. À quatre-vingt-deux ans, l'ours mal léché a commencé à réagir aux mots doux et aux contrariétés comme une fillette de dix ans.

On n'aurait jamais cru ça de Papi. Chaque fois que je lui disais que je l'aimais, il pleurait. Alors je le consolais, il me sortait le vermouth, son vin cuit fétiche, et on picolait pour penser à autre chose.

Je suis remontée à Paris le cœur ramolli, laissant mon grand-père assis dans sa cuisine à écouter la radio, les yeux dans le vide. Laissant Papi attendre la fin.

Dans le train du retour, je songeais à ceux de la famille qui étaient loin. Le temps des immenses tablées où il fallait hurler pour se faire entendre était derrière moi. Derrière nous. Plus un bruit. Plus une odeur. Ni celle de l'eau de Cologne espagnole bon marché que l'Abuela passait dans ses cheveux et les nôtres, ni celle du flan au caramel qui s'échappait de sa cuisine. J'ai essayé de le refaire des dizaines de fois depuis qu'elle est morte, ce foutu flan. Le meilleur, ce sont les petits trous qui se forment à la cuisson. Je n'ai jamais réussi à les faire apparaître.

Ma fille dormait sur mes genoux dans le TGV. Nous étions assises à côté d'un très vieux monsieur. Je l'examinais du coin de l'œil en train de déballer son attirail, amusée et curieuse. Pour les trois heures trente qui séparent Montpellier de Paris, il avait prévu son sandwich fait maison, sa gourde de gnôle, son couteau suisse, *L'Indépendant*, et… un *Playboy* déguisé avec soin en *Télé 7 jours* qui venait de glisser insidieusement entre nos deux sièges. La crapule ! Le vieux coquin ramassa le magazine à toute blinde pour le dissimuler dans son innocent sac à dos.

Mes joues se mirent à picoter, donnant à mon visage la couleur d'une belle tomate d'août gorgée de soleil. Mes méninges, elles, s'agitaient à un rythme frénétique. Et la libido de mon Papi, frétillait-elle encore ? Pourquoi ne pas lui trouver une fiancée ? Pendant le trajet, mon idée eut le temps de germer. Comment procéder ? Sur Internet ? Par petite annonce ? Mais qui voudrait d'un monsieur de quatre-vingt-deux ans qui pleure dès qu'un proche lui dit des mots doux ? Et si ça ne marchait pas ? Il ne se remettrait pas d'un chagrin d'amour.

C'était trop risqué. Il lui faudrait une amoureuse avec qui il pourrait discuter, prendre du bon temps, sans trop s'impliquer quand même. Lumière divine au-dessus de ma tête : une prostituée.

Voilà ce qu'il fallait à Papi ! Mais une pute bien sous tous rapports, aimante et à l'écoute. C'était décidé, j'allais partir à la recherche d'une pute au grand cœur pour mon grand-père.

Le taxi m'a déposée dans le bois de Boulogne. Ma fille dormait toujours dans mes bras. Les heures de cueillette de champignons dans la forêt avec Papi avant le départ l'avaient exténuée, la discussion en espagnol avec la fille du wagon-restaurant de la Renfe l'avait achevée. Il me restait deux heures trente avant la tombée de la nuit. Le chauffeur nous a regardées avec compassion, la petite et moi, quand je suis descendue de sa voiture. Ça m'a fait marrer.

J'ai bien dû auditionner quarante putes avant de voir se dessiner à quelques mètres de moi la silhouette de Lola. Avec une princesse assoupie dans les bras, la conversation s'engage beaucoup plus facilement. Dès que je l'ai aperçue, j'ai su qu'elle serait parfaite. Beaucoup de chair, ça rassure les hommes, et une once de vulgarité, ça les excite. Dans les cheveux, une fleur en plastique. Pas n'importe laquelle. Un tournesol. Je n'en pouvais plus avec la petite et ma valise à traîner, il était temps d'écouter les signes, de foncer.

En avançant vers Lola je sentis monter en moi le même état d'émerveillement que Cendrillon voyant apparaître sa marraine. Ou celui du nomade qui trouve un puits d'eau fraîche en plein désert. Ses boucles brunes flirtaient avec ses épaules, le velours désuet de sa robe avec ses cuisses charnues. Elle portait sa cinquantaine avec la grâce d'une jeune ballerine, contraste foudroyant avec le tempérament de feu qui avait l'air d'être le sien. Je pressentais que Lola était la réponse à la solitude de mon grand-père et à mes inquiétudes. Je savais que c'était elle avant même qu'elle ne me bouscule avec ses questions :

— Hé gamine, faut pas traîner là tu sais, sinon, attention à tes petites fesses. Qu'est-ce que tu viens trafiquer ici ?

J'étais éblouie, j'en perdais mon latin, alors les autres filles répondirent pour moi.

— Mademoiselle fait un casting sauvage pour trouver ici « La déesse » qu'elle offrira à son papi quelques week-ends. C'est drôle, non ? Et encore, j'te passe les détails ! Regarde la gosse, cette gueule d'amour… Tente ta chance, Lola… Nous, on a toutes été recalées.

Je me lançai :

— Vous aimez voyager ? Le sud de la France, vous connaissez ? Le soleil, les cigales, les vins fruités, tout ça, vous aimez ?

— J'aime tout ce qui peut m'éloigner de cette ville de merde et de son air irrespirable.

— Vous connaissez-vous des talents de comédienne ? Savez-vous mentir à la perfection ?

— Toute ma vie, j'ai dû mentir pour sauver ma peau ou éviter de blesser les gens que j'aimais. Pour faire le bien, ou faire du bien, je peux mentir droit dans les yeux. Ton grand-père est SM ? Fétichiste ? C'est quoi, le plan ?

— Mon grand-père est tendre et délicat, il aime discuter de longues heures en buvant du vin cuit, il est extrêmement sensible et il radote un peu. Pour le reste, je ne sais pas trop, je vous laisserai voir avec lui…

— Ex-trê-me-ment sensible ?

— Oui. Chaque fois que je lui dis que je l'aime, il pleure.

Les filles firent sourire un silence.

L'entretien d'embauche improvisé se déroulait sans heurt. Lola donnait d'excellentes réponses à toutes les questions cruciales que je lui posais et en déjouait les pièges avec l'agilité d'un singe de poche. Décidément, elle était étonnante.

Contre un billet de vingt euros elle accepta de venir prendre un café à la maison afin d'établir ensemble les conditions et le tarif de sa prestation. J'aurais pu être terrifiée à l'idée de me retrouver seule chez moi avec elle et la petite, craindre qu'elle me vole ou m'agresse puisqu'elle faisait deux têtes de plus que moi et environ le double de mon poids plume, mais elle dégageait tant de bonté sous ses faux airs de pute punk que j'étais sereine. L'intérêt qu'elle prêtait à mon histoire laissait penser qu'elle prendrait sa mission à cœur si elle l'acceptait.

On choisit ensemble l'identité qu'elle allait devoir endosser. Je ne pouvais décemment pas dire à mon grand-père que je lui offrais une prostituée. Elle serait aide à domicile et viendrait un week-end par mois lui mijoter de bons petits plats, faire un brin de ménage et l'aider à vider son poussiéreux grenier afin de le transformer en appartement à louer. Je prendrais en charge son voyage, les cent cinquante euros par jour qu'elle demandait, et je me rembourserais dès que le studio serait en location. Si Papi acceptait les avances de Lola, ce serait cinquante euros de plus par rapport sexuel. Je priais déjà pour que la santé libidinale de Papi ne lui permette pas de faire l'amour plus d'une fois dans la semaine, sinon mon compte en banque ne tiendrait pas le choc. J'accompagnerais Lola dès le week-end suivant, pour la première rencontre.

Papi était rose de timidité quand il ouvrit la porte sur la flamboyante Lola. Je la regardais se mouvoir comme si j'étais au spectacle, et la transformation était surprenante. Elle était douce, n'employait que des mots choisis et brodait avec fluidité autour du squelette de l'histoire que nous lui avions inventée. Une jolie complicité s'immisçait dans la maisonnée entre Papi et sa pute personnelle. Ses yeux étaient caressants quand elle les posait sur lui. La magie opérait avant même que Lola ait usé de son sortilège plus puissant. C'est qu'elle avait plus d'un tour dans son sac à main en vinyle panthère. Elle voulut nous le prouver le soir même en enfilant un tablier pour passer derrière les fourneaux.

— Avez-vous des rosiers, mon cher André ? Non traités, de préférence ?

Sans le savoir, Lola venait de mettre le doigt sur une des grandes fiertés du grand-père : son superbe jardin botanique biologique.

— Bien sûr ! Que vous manque-t-il ? J'ai du basilic, de la sarriette, du thym, un peu de persil…

— Non, j'ai juste besoin d'une vingtaine de pétales de rose. Rouges, de préférence.

Sous les yeux et les papilles délicieusement éberlués de Papi fondaient, une poignée de minutes plus tard, des cailles aux pétales de rose. Lola se régala de nous voir déguster le résultat de sa chimie culinaire et je les abandonnai quand vint l'heure privilégiée de la camomille. Chez Papi, la tisane sous le figuier qui embaume la nuit tombante était l'amorce des jolis rêves, le temps des confidences avant l'oreiller. J'aurais vendu ma propre mère pour assister en catimini à leur premier tête-à-tête, mais je dus me résoudre à attendre le lendemain matin pour tenter d'en savoir plus. Sur le montant du chèque à émettre, notamment.

J'entrai dans la maison à treize heures, pensant les trouver en train de déjeuner.

— Papi ? Lola ? C'est moi !

L'idée m'effleura que j'arrivais peut-être au moment le plus inopportun et je faillis m'enfuir, quand j'aperçus dehors les volants de la robe de Lola qui jouaient avec la brise. Elle était en train d'étendre du linge, Papi, lui, regonflait les pneus du vélo, et les rayons du soleil transperçaient le figuier pour tacheter leurs visages de lumière. J'embrassai mon grand-père puis me dirigeai gaiement vers Lola quand je vis ses jambes abîmées.

— Que t'est-il arrivé, Lola ?

— Un accident de course aux asperges, ma chère… Si tu savais les heures qu'André et moi venons de vivre !

La seule chose qui m'intéressait était la teneur en croustillant de leur nuit, mais je dus me taire et écouter. Ils me contèrent leur bucolique promenade sur le mont Alaric et Papi mima la cascade digne de Rémy Julienne qu'avait exécutée Lola. Je finis par apprendre que Papi avait fait le coup du vermouth à Lola, qu'ils avaient passé la nuit à boire et à discuter avant de décider de partir à la cueillette des asperges (sport favori du vieux), finement bourrés, au petit matin.

L'histoire ne dit pas comment Papi et Lola fêtèrent leur première récolte ce soir-là. Quand je partis, la joie bondissante avait laissé place au doux ronronnement de la vie. Lola faisait la lecture à Papi, et il récupérait chaque miette de mot du bout des doigts, comme ces gens qui ont connu la guerre et continuent des années après de ne rien laisser. En partant, je trouvai un mot dans mon sac :

« Je te fais les deux premières semaines au prix d'une, je n'arriverai jamais à m'acclimater si je pars déjà. Mais c'est exceptionnel, je t'avertis. Change mon billet de train, gamine, moi je m'occupe de ton papi. Lola. »

En fin de séjour, je fus invitée à déjeuner. Quand Papi m'ouvrit la porte, j'eus du mal à le reconnaître. Il avait rajeuni de dix ans. Il sentait bon l'eau de

Cologne bon marché qu'il n'avait pas sortie depuis la mort de l'Abuela exactement. Lola avait abandonné son déguisement de soubrette des années quatre-vingt pour retrouver le style vestimentaire plus « boulognien » qui lui allait tant. J'étais sur le qui-vive, à l'affût du moindre regard ou geste amoureux, mais je compris vite qu'il était trop tard. Une réelle intimité unissait désormais Lola et Papi. Ils jonglaient avec leur complicité, tour à tour père-fille, nourrice-enfant, ou simplement homme-femme, comme assoiffés de s'enrichir l'un de l'autre. Face à ce bonheur si serein, ma curiosité s'éteignit et céda la place à un joyeux soulagement. Moi qui avais été si impatiente de voir ma petite note, autant par crainte – qu'elle soit salée – que par voyeurisme, j'étais désormais seulement gênée à l'idée qu'elle serait une véritable incursion dans leur vie privée.

L'heure était venue pour Lola de retrouver ses copines de turbin. Je n'avais plus un centime pour la payer et je lui devais déjà une somme aussi coquette qu'elle-même l'avait été pour charmer Papi. Mes manigances avaient fonctionné à merveille, si bien qu'elles me prenaient à mon propre piège. Ils s'étaient accrochés l'un à l'autre comme deux Velcro. J'avais rompu la solitude de Papi, qui me pesait autant qu'à lui, et il était fou d'une femme qui l'aimait aussi. Je bénissais le destin d'avoir mis Lola sur notre route pour rendre le sourire à Papi, je me haïssais d'avoir l'obligation de la lui reprendre.

J'allais devoir passer d'entremetteuse à briseuse de ménage, mais l'état de mes finances ne me laissait pas d'autre choix. Effondrée, je me résolus à me lancer. Je comprenais enfin le fameux sentimental bourreau.

— Lola, maintenant que le grenier est aménagé… Je ne veux pas que tu travailles pour rien, tu as fait tellement ici… mais malgré tes prix plus qu'amicaux, je suis endettée, et tu ne peux pas rester à Marseillette indéfiniment… Tu reviendras passer le week-end dans un mois ou deux, le temps que je me refasse.

— Je m'attendais bien à ce que cela arrive. Mais tu sais, j'y ai longuement réfléchi. Je ne veux pas partir d'ici, ni laisser André. Il a besoin de moi et j'ai besoin d'un véritable travail. J'ai tout prévu. Contre le gîte et le couvert, je m'occuperai de lui et de la maison. Et pour mon argent de poche, j'ai vu qu'ils cherchent un tiers-temps à la boulangerie… Je vais tout dire à ton grand-père, il est grand temps qu'il connaisse la vérité. J'ai confiance en lui, il me pardonnera… enfin, nous verrons.

— Hop hop hop ! Minute papillon ! Tu veux que je me fasse scalper par Papi ? C'est toi qui me demandes une faveur, là… Tu ne vas pas en plus me balancer !?

— Bluffante, si jeune et déjà un tel métier… Il doit en couler, dans ton sang ardent, des torrents d'injustices et d'amour, pour que tu aies tant de force à déjouer le destin. Dans tous les cas bravo, car pour moi c'est vendu, gamine. File maintenant, ta fille t'attend, et avec une impatience certaine j'imagine. Enfin, si elle est comme sa mère…

En partant j'ai regardé une dernière fois en direction de Papi et Lola. Papi a une ultime chance de se racheter en étant avec elle l'homme qu'il n'a pas réussi à être avec ma grand-mère. J'espère qu'il le fera. Tu dois bien te marrer Abuela de là-haut, je suis devenue aussi bienveillante et manipulatrice que toi.

J'ai glissé ma rencontre avec Lola dans la commode. Et un bout de la vie que nous avions réveillée ensemble. Pour l'Abuela. Pour Nina. Pour le reste de la tribu. Pour ceux que le secret gangrène. Ceux pour qui le mouvement est l'unique ancrage. Ceux dont l'âme et l'identité se sont perdues au cours du voyage. Ceux qui ne savent pas ce que c'est que vivre une vie qui n'est pas la sienne. Ceux qui le savent trop bien.

Parce que je sais que se construire avec une histoire, même riche de blessures autant que de joies, d'épreuves surmontées comme de miracles accueillis, c'est une chance.

Et parce qu'une commode bien gardée et bien remplie, ça rend l'imagination des enfants incroyablement fertile.

Table

Prologue 11

1 – La médaille de baptême.. 19
2 – La clef 33
3 – Le carnet de poèmes... 49
4 – L'acte de naissance.. 73
5 – Le sac de graines... 89
6 – Le foulard bleu... 109
7 – Le billet de train.. 123
8 – Le baromètre 133
9 – L'enveloppe 153

Épilogue 167

Remerciements

À ma bonne fée, Olivia de Dieuleveult.

DE LA MÊME AUTRICE
AUX ÉDITIONS LATTÈS :

Écoute la pluie tomber, 2022.

PAPIER À BASE DE FIBRES CERTIFIÉES

Le Livre de Poche s'engage pour l'environnement en réduisant l'empreinte carbone de ses livres. Celle de cet exemplaire est de :
650 g éq. CO_2
Rendez-vous sur www.livredepoche-durable.fr

Composition réalisée par NORD COMPO

Achevé d'imprimer en octobre 2022 en Espagne
par ESTELLA GRAFICAS
Dépôt légal 1re publication : novembre 2022
LIBRAIRIE GÉNÉRALE FRANÇAISE
21, rue du Montparnasse – 75298 Paris Cedex 06

61/1124/4